CASAS EMBRUJADAS

CARLOS TREJO

CASAS EMBRUJADAS

Planeta

Colección: Fronteras de lo Insólito

Diseño de portada: Marco Xolio
Fotografías de interiores: Archivo del autor

© 2002, Carlos Trejo
Derechos reservados
© 2002, Editorial Planeta Mexicana, S.A. de C.V.
Avenida Insurgentes Sur núm. 1898, piso 11
Colonia Florida, 01030 México, D.F.

Primera edición: abril del 2002
ISBN: 970-690-594-4

Impreso en los talleres de Publicaciones Terra, S.A. de C.V.
Oculistas núm. 43, colonia Sifón, México, D.F.
Impreso y hecho en México - *Printed and made in Mexico*

Presentación

Cuando entro a una casa abandonada percibo una cierta nostalgia. Más cuando se encuentra en ruinas, porque sé que en ese hogar en algún tiempo reinaron la alegría y la armonía familiar. En cada una de las habitaciones, en las paredes y jardines, estoy seguro, quedaron guardados triunfos, fracasos, alegrías y tristezas de las personas que allí vivieron. Si la casa está embrujada, posiblemente en su interior vive algún ente o espíritu, y detrás de esa propiedad existe siempre una historia dramática, llena de tragedia. Investigar estos lugares es comenzar una verdadera cacería para descubrir todos y cada uno de los acontecimientos, que muchas veces son tan impresionantes que a las personas ajenas les cuesta trabajo comprender y asimilar todos los hechos fantasmagóricos que envuelven cada situación.

Casas embrujadas... refiere una serie de "encuentros" que recogen gran parte de las investigaciones que he realizado en diferentes lugares y países como cazafantasmas profesional. Cuento en mi historial con más de quince mil casos y estoy dedicado a la investigación seria y responsable de cada suceso extraño que llega a mis manos. Como primer paso analizo todas las posibilidades científicas, y si son descartadas doy el segundo paso, que consiste en investigar toda probabilidad que esté fuera de la lógica.

Cuando encuentro una casa embrujada me preocupo por obtener toda la información histórica que la envuelve. Me pregunto cómo muchos supuestos investigadores o síquicos pueden, con tan sólo mirarlas, saber que están embrujadas, sin antes realizar un trabajo de investigación. Pero cuando topan con un verdadero lugar embrujado, estos charlatanes salen corriendo. Y es aquí donde mi trabajo empieza.

CARLOS TREJO
Cazafantasmas

El prostíbulo

He investigado muchos lugares en donde se presenta gran cantidad de fenómenos, y todos y cada uno tienen un sentimiento especial para mí. Y estoy seguro que este también lo tendrá para ti.

En los primeros días de septiembre de 1998 se comunicó conmigo una constructora que había comprado una vieja casona abandonada para convertirla en departamentos de interés social. Los veladores, vigilantes y vendedores habían percibido en la casa fenómenos muy extraños, como ruidos, voces y apariciones fantasmales. Estas experiencias eran comentadas entre el personal y los directivos, pero los dueños de la constructora las negaban, calificándolas de creencias populares.

Sostenían los dueños que se trataba de simples rumores combinados con un poco de sugestión de los empleados, pues el inmueble era de por sí aterrador y extraño, sobre todo en el área del sótano, que contaba con más de nueve enormes salones lúgubres y fríos, donde apenas llegaba la luz del día. En ciertas partes de la casa se apreciaban grandes manchas rojizas, pero el personal de la empresa y los dueños de la constructora no les daban importancia. Para más, la gente que cuidaba la casa había presenciado una serie de sucesos paranormales y en numerosas ocasiones se quejó con los dueños. Pero, como era de esperarse, los ejecutivos no le dieron crédito.

Un día los hechos dejaron de ser comentarios o rumores. Sucedió que al hallarse uno de los directivos, el ingeniero Landeros, realizando un levantamiento topográfico en el exterior de la casa, observó por la lente del teodolito a una mujer muy pálida, con ropas extrañas y antiguas, que con mirada triste se asomaba por una de las ventanas. En cuestión de segundos la imagen de la mujer se perdió en la habitación principal y Landeros inmediatamente retiró los ojos de la lente y se fue a buscar a la persona que había visto a través del aparato, pensando que se trataba de una vividora que se había introducido al inmueble buscando un techo para pasar la noche. Recorrió toda la casa buscando a la persona, pero el inmueble se encontraba totalmente vacío. Sin embargo, en uno de los cuartos del sótano el ingeniero quedó perplejo al darse cuenta de que la temperatura bajaba dramáticamente sin explicación alguna. El frío era tan intenso que decidió salir y en ese preciso momento escuchó una voz femenina que parecía salir de las paredes y musitaba: "Ayúdame".

Independientemente de lo que había visto por la lente, a lo que podía darle muchas y muy diferentes explicaciones —reflexionó el ingeniero Landeros—, a la voz que salía de ese cuarto y al descenso de la temperatura, no era posible encontrarle lógica alguna. Suponer que la presencia de una mujer estuviera en el lugar era buscarle explicaciones a algo que no las tenía. Aunque estaba seguro de lo que había visto y escuchado, los hechos chocaban con su lógica, pues no podía aceptar que se tratara de un espíritu. Sentado en la banqueta intentaba controlar su agitada respiración y el corazón que le latía como nunca antes.

El ingeniero Landeros no pudo tomar el incidente a la ligera, no logró convencerse de que era un juego o una broma de su imaginación o de los empleados del lugar. Al día siguiente se dirigió en su automóvil al sitio donde, aún sin saberlo, había tenido su primer contacto paranormal.

Estacionó el auto y se dirigió a la casa llevando su medidor (teodolito), y en cuanto entró un aire frío recorrió su cuerpo. Era evidente que los nervios lo traicionaban, pero debía concluir el estudio y presentarlo al gobierno, pues el análisis del suelo era importante para demoler y luego construir el edificio. Continuó el trabajo y al cabo de un par de horas abandonó el aparato para ir al baño, pero al regresar, ¡oh sorpresa!, el teodolito había sido movido del lugar donde originalmente se encontraba. No existía justificación alguna y no era posible que alguien hubiera desplazado el aparato, ya que la casa se hallaba totalmente vacía. Todo esto no le causó ninguna gracia, y en tanto un escalofrío se apoderaba de su cuerpo, nuevamente escuchó la voz que decía: "No puedo despertarme".

Tras escuchar el lamento, el ingeniero tomó la decisión más sabia que cualquier persona habría tomado. ¡Correr!

Durante varios días, en vano, trató de hallarle lógica al asunto. Llegó el momento en que uno de sus superiores le pidió el resultado del análisis y Landeros, entonces, se vio obligado a confesar los motivos por los cuales no había podido realizarlo. El jefe, desde luego, no le creyó y dio la orden terminante de finalizar el estudio topográfico lo más pronto posible.

Días más tarde el ingeniero Landeros, muy nervioso, se encontraba en el sótano examinando los planos de la construcción al tiempo que recordaba la experiencia que vivió. Esta vez todo parecía tranquilo, y sin embargo sintió el peso de una mirada extraña y otra vez percibió un intenso frío que le corría por entero el cuerpo. Instintivamente levantó la mirada y advirtió a la mujer que había visto antes a través de la lente. Durante un par de segundos quedó paralizado por el miedo, hasta que la mujer se evaporó frente a sus despavoridos ojos. La lógica le indicaba que tenía que buscar a la mujer, pero la realidad le decía que no iba a encontrar nada.

Con el fin de desvanecer toda duda, buscó y rebuscó en cada uno de los cuartos, sin embargo de antemano conocía la respuesta que se negaba a aceptar: había visto un fantasma. Pero estaba insatisfecho y a toda costa deseaba hallar una respuesta lógica que lo amarrara a la realidad. Quería creer y, sobre todo, convencerse de que lo que había visto no existía, no podía existir. Decidió entonces investigar con el personal de guardia, que confirmó lo que ya se había comentado entre los empleados. "Jefe, se lo hemos estado diciendo, aquí espantan."

No se trataba ya del dicho de un subordinado, sino de la versión del ingeniero Landeros, un ejecutivo que contaba con excelente credibilidad entre los directivos. Pidió Landeros que, sin afectar el plan de trabajo, se llevara a cabo una investigación paranormal de la casa, que sería derrumbada en dos meses para iniciar la construcción.

Como los testimonios de las personas que vivieron sucesos extraños en aquel lugar despertaron enorme interés, los directivos decidieron comunicarse conmigo. Escuché la propuesta y me pareció atractiva, así que no perdí tiempo y preparé mi equipo humano y técnico e hice las maletas para trasladarme a la ciudad de Aguascalientes, donde realizaría la investigación.

Allí, quedé de verme con el personal de la constructora en la plaza central y cuando llegué me esperaban el ingeniero Landeros y Chucho, uno de los veladores de la casa. Les solicité que fuéramos a la casa cuanto antes para que mis colaboradores realizaran las primeras investigaciones externas.

Ya ante la casa noté un abandono muy extraño, que no era el de la clásica familia que se ha cambiado. Esta casa me trasmitía cierta inquietud, la añoranza de algo que no podía determinar y que estaba decidido a descubrir. La fachada forrada de azulejos era muy rara, así como el diseño de la edificación, realizada como si alguien hubiese tenido la intención de armar un laberinto con aquellos muros.

Comencé por recorrer cada una de las habitaciones, todas exageradamente húmedas y cada una con baño propio. ¡Claro que esto no era raro! Lo extraño era que existieran más de treinta cuartos únicamente en el segundo piso. En cuanto al primer piso, tenía una estancia enorme, en la que podía jugarse un partido de futbol rápido en cada uno de sus recibidores. Para mayor extrañeza, el sótano era un laberinto repleto de cuartos enormes y pequeños que se confundían unos con otros.

Decidí montar guardia día y noche para estudiar el fenómeno. Mi equipo se hallaba preparado y listo para toda eventualidad. Las cámaras de video estaban dispuestas para detectar cualquier cosa que se manifestara.

Los recintos de la parte superior fueron perfectamente verificados y preparados. Las guardias tenían instrucciones de permanecer alerta para tratar de ver o escuchar lo que fuera. Por su parte, Jaime, encargado de las sicofonías en mi organización, empezaba a notar sonidos extraños. En cuanto me lo dijo me puse los audífonos y escuché una voz femenina que pedía ayuda. La voz era muy clara y parecía corresponder a la que había escuchado Landeros, así que al día siguiente le pedí al ingeniero que escuchara la cinta para comprobarlo. Así lo hizo y no dudó en afirmar que era la misma voz, de modo que pedí la bitácora para saber en qué parte de la casa la habíamos grabado.

De nuevo era el sótano la parte central del caso, así que concentré la investigación en ese lugar. Esa noche, uno de los muchachos me hizo notar unas manchas rojas en la pared, y al revisarlas, por la textura de los tabiques me percaté de que algunas áreas de la casa habían sido construidas en épocas recientes. Al tocar en la pared se escuchó cierto eco que nos manifestaba la posible presencia de una habitación oculta, así que decidí hacer un agujero para introducir una lámpara e inspeccionar. Minutos después comprobé que, efectivamente, había una habitación oculta y de inmediato comenzamos a romper la pared. Al cabo de un par de horas, rodeados de lodo y tierra, habíamos abierto un boquete lo suficientemente grande como para introducirnos a ese lugar que se hallaba completamente oscuro y sin ventilación. Al encender una lámpara encontramos ventiladores echados a perder por la humedad y, colgando de un perchero, ropa antigua y muy maltratada. Al parecer se trataba de un viejo cabaret, pues había mesas de juego con cartas y botellas. La entrada al local estaba oculta en lo que era la cocina, y una pequeña puerta disimulada debajo del lavadero daba paso al lugar. La puerta, era evidente, había sido ocultada con toda intención, para que únicamente personas específicas pudieran dar con ella.

Sólo en ese instante supe que la casa tenía que haber sido un casino o una casa de citas. Comentaba esto con Gerardo, uno de mis ayudantes, cuando se me informó que en el sótano se estaba registrando un acontecimiento paranormal, pues la temperatura, que a la intemperie era de 30 grados, en el sótano, sin ninguna explicación, había descendido dramáticamente a 10 grados. Bajamos a toda prisa con la intención de verificar los aparatos de medición y mientras observábamos los termómetros y la antena de campo electromagnético, que se agitaba de manera inusitada, empezamos a escuchar una voz femenina que decía: "No puedo despertarme". En el mismo momento, Gerardo señaló la sombra de una mujer que claramente se mostraba como un reflejo en la pared.

Todos nos acercamos al fenómeno, y ante nuestros ojos la sombra se movió en dirección a la parte superior, donde en otro tiempo había algunas recámaras. Decidimos seguirla y averiguar algo más sobre el fenómeno que, ahora estábamos seguros, se trataba de una mujer. Al atravesar los cuartos de atrás, traté de acercarme para hablar con la mujer y pedirle que me dijese quién era y por qué se hallaba allí. Era increíble, pues estaba tratando de interrogar a un fantasma. De pronto la sombra quedó estática ante nuestros ojos y desapareció. Una gran desesperación me invadió cuando no pude evitar que se extinguiera ante nuestras miradas.

Después de dedicar un par de horas al análisis de los acontecimientos, pedí a cada uno de los muchachos, por separado, que propusiera un retrato hablado del fantasma, para así saber si habíamos contemplado lo mismo. Todos, incluido el dibujante, estábamos ansiosos por diseñar el rostro exacto y la figura del fantasma que habíamos visto. Las personas que tenían menos tiempo conmigo se mostraron muy sorprendidas, y no era para menos, puesto que el contacto de esa noche había sido muy emocionante, de verdad increíble. Mas para aquellos que llevaban tiempo investigando conmigo, se trataba de un avance en la investigación del fenómeno paranormal.

Al amanecer fui a la constructora con los dibujos y la cinta en que habíamos registrado la voz del ente. Mostré estos materiales al ingeniero Landeros, a los veladores y a otras personas de la empresa, y todos expresaron que lo que habían visto era exactamente lo mismo. Al escuchar la cinta de audio en que teníamos grabada la voz femenina, el ingeniero Landeros no dudó en afirmar que era la misma voz que había escuchado días antes. Entusiasmado con la investigación, quiso ser él mismo quien mostrara esos elementos a los directivos.

Con todos los ejecutivos reunidos, el ingeniero Landeros, muy emocionado, les pidió que escucharan la cinta. Al enterarse del motivo por el cual los habían convocado a tan importante reunión, hubo cierta molestia; incluso uno de los que asistían había tenido que abandonar un desayuno con las personas del gobierno que estaban tramitando los permisos necesarios para demoler la casa. El hecho es que ante todos, reunidos en la sala de juntas, el material fue visto y escuchado, aunque no provocó mucha sorpresa. Claro, todo mundo ofreció explicaciones supuestamente lógicas de cómo y por qué pudieron grabarse las cintas de audio y video. Sin embargo, el ingeniero Landeros no fue tachado de fantasioso, pues no era el único que afirmaba haber visto algo. Abundaban los testimonios en torno a la presencia de fenómenos extraños en el inmueble y provenían del personal de vigilancia, administrativo y de ventas. Ganó al fin la curiosidad de los altos ejecutivos y me pidieron continuar y dar término a la investigación lo antes posible, ya que la casa sería derruida una semana después.

Esa misma tarde me dediqué a visitar a las personas de edad avanzada que vivían en la zona, buscando una que recordara algún suceso relacionado con la casa y el hecho de que estuviese abandonaba. No demoré mucho en dar con una persona de nombre Virginia, de 75 años de edad, que se mostró muy sorprendida al verme averiguar sobre el inmueble. Me preguntó por qué tanto interés y no quise decirle la verdad, porque es muy difícil explicar este tipo de cosas. Muchas personas no las entienden y, tratando de ayudar, ofrecen toda clase de explicaciones o inventan multitud de objeciones. Sé que tales situaciones son muy complicadas, y más cuando saben que me dedico a cazar fantasmas, pero doña Virginia realmente tenía intención de platicarme cuanto sabía de la casa abandonada.

Empezó por referir un acontecimiento que años atrás había quedado grabado en la mente de muchas personas, aunque ya muy pocas lo recordaban. Ocurrió en el año de 1960, cuando la casa era un prostíbulo muy concurrido. Entre las personas que lo administraban, destacaba una tratante de blancas conocida como doña Fifí, se preocupaba por cuidar a las muchachas que allí trabajaban y vivían. Los clientes abundaban y eran de muy buena situación económica. Entre ellos había políticos, militares y hacendados, selecta concurrencia a la que se brindaban servicio especiales y exclusivos. La casa, en sus tiempos una de las mejores de la región, tuvo una larga etapa de esplendor que no era de extrañar, pues doña Fifí gozaba de una excelente protección política. Así que a nadie le angustiaba la posibilidad de que el lugar fuera clausurado o tuviera problemas con autoridades del orden federal, estatal o municipal.

En este momento del relato, por desgracia, sonó mi teléfono celular. Era Yusset encargada de monitorear con cámaras y equipo visual el lugar de la investigación, quien me informó que en el sótano se estaban viendo pasar sombras y pedía mi apoyo para saber qué era y cómo podíamos controlar esas visiones. Así que tuve que dirigirme a la casa, pero antes hice cita con doña Virginia, para la mañana siguiente, a fin de que terminara de contarme la historia de lo que ahora podía identificar como el prostíbulo.

Ya en el sótano, nuevamente pude ver cómo una sombra atravesaba una de las paredes manchadas de rojo, así que mandé que la rompieran para tratar de averiguar qué estaba pasando. Al derribarla nos dimos cuenta de que existía otro cuarto enorme que daba a un pequeño edificio, lo cual resistía toda explicación sobre la forma en que fue construida. La casa era tan complicada que no se le encontraba lógica al tipo de construcción que presentaba, todavía mas extraña por la cantidad de cuartos que había. Otro problema era el tiempo, pues ya teníamos encima la demolición.

El ingeniero Landeros había ofrecido todas las facilidades para que realizáramos la investigación, de modo que retrasó unos días la demolición. Entonces tomé la decisión de acampar dentro y fuera de la casa, manteniendo guardias las 24 horas, en parejas, y monitoreando el interior y el exterior.

Los fenómenos se presentaban alrededor de las diez de la noche, y una de esas noches, en el momento en que Luis, encargado del área científica, se encontraba realizando tomas de energía con la antena de campo electromagnético, detectó la presencia de algo que sonaba. Inmediatamente se comunicó conmigo para que pudiera yo examinar el fenómeno.

En el sótano la temperatura había bajado y nuestro equipo, efectivamente, sonaba de manera inexplicable. La corriente eléctrica se cortaba y nos dejaba a oscuras, y pasados diez minutos volvía a la normalidad. Dejé todo listo para que, en cuanto amaneciera, continuáramos recabando información sobre ese lugar.

A la mañana siguiente fui a ver a doña Virginia. Me dijo que conocía la historia completa de la casa; y si yo tenía tiempo estaba dispuesta a contarme todo lo que sabía. Claro que tenía tiempo, así que me preparó un café y continuó el relato.

El caserón había sido financiado por una persona de nacionalidad española, de excelente posición económica, que invirtió mucho dinero en la construcción, con el fin de abrir un lugar donde la gente pudiera encontrar cualquier tipo de diversión, con quien fuera y al precio que fuera, sin límites. Muchas historias se contaban allí, pero la que más impresionó a doña Virginia fue la de una muchachita de quince años que venía de un pueblo cercano a la ciudad de México. Vivía la muchacha, de nombre Flora, con su padrastro, don Eugenio. Eran muy pobres y el hombre la maltrataba, así que ella decidió huir de la casa para refugiarse en un poblado a las orillas de la ciudad de Aguascalientes. Conoció ahí a un muchacho de nombre Aurelio, de origen campirano, que en cuanto vio a Flora se prendó de ella. Era una mujer de pueblo, pero eso no disminuía su gran belleza física. Tenía un cuerpo muy bien formado y una piel oscura, bronceada, que hacía resaltar unos increíbles ojos verdes.

Impresionado por Flora, Aurelio decidió enamorarla y conseguir, al precio que fuera, acostarse con ella, así que sin perder tiempo, pensando que otro podría adelantarse, puso manos a la obra. Como un lobo acechaba a su presa y para seducirla se valía de regalos, serenatas y cosas así. Poco a poco Aurelio fue apoderándose del corazón de Flora y en unos días ella se vio perdidamente enamorada de él. Llegó el momento en que decidieron unir sus vidas y comenzaron a vivir en una casita muy humilde. Pensaba Flora que su vida cambiaría y jamás imaginó que caería en un infierno peor del que había vivido con su padrastro.

Con el tiempo, Aurelio sacó las uñas. Empezó a insultar, golpear y aun a aplicar tortura sicológica a Flora, y acabó hundiéndola en una gran amargura y depresión. Lo peor ocurrió una noche que regresó drogado a su casa. Flora había preparado una cena muy especial, pues iba a informarle que muy pronto serían padres. No pudo darle la noticia porque Aurelio, a gritos, comenzó a exigir su cena y después de probarla muy exaltado dijo que estaba fría y arrojó el plato a la cara de Flora. Luego la derribó de un golpe y allí le dejó caer varias patadas en el vientre. La muchacha, tirada en el piso, sangrante, vio cómo el agresor bebía algo más de alcohol y se disponía a descargar de nuevo su incomprensible furia. Flora, como pudo, se levantó y tomó un pequeño cuchillo para defenderse. Viéndola así armada, Aurelio se apoderó de un machete y lanzó un fuerte golpe a la cabeza de Flora, pero ella logró esquivarlo agachándose y en el mismo movimiento clavó la punta del arma a un costado del pecho de Aurelio. Aunque pequeña, la herida sangraba de manera impresionante, de manera que Aurelio, tirado en el piso, frente a ella se iba debilitando. Flora trató de auxiliarlo, pero el agresor salió corriendo solicitando ayuda a gritos. Flora lo alcanzó para tratar de detener la hemorragia y en ese momento Aurelio cayó desmayado frente a los vecinos que al escuchar los gritos habían salido de sus casas. Todos vieron en la mano de la muchacha el arma con que había causado la herida.

Entre todos cargaron a Aurelio para llevarlo a la casa del médico, donde éste, tras desgarrar la ensangrentada camisa descubrió una herida pequeña, pero muy profunda. La hemorragia no podía ser contenida y aunque Flora, allí mismo, lloraba y se retorcía del dolor provocado por los golpes que había recibido, el médico le dedicó mayores atenciones a Aurelio. No sólo se dio cuenta de que estaba drogado y alcoholizado, sino también de que la minúscula herida había perforado una arteria del corazón y, como tenía la presión muy alta a causa de las drogas, sin duda moriría desangrado. Y a los ojos de todos los presentes la culpable era Flora. Para más, cuando el doctor preguntó a Aurelio: "¿Qué te pasó, muchacho?", respondió este: "Ella trató de matarme".

Todos miraron a Flora como si fuera una asesina, y ese mismo día, sin escucharla, como Aurelio había fallecido la hundieron en la cárcel por homicidio. Un par de días había pasado cuando Flora se desplomó en la celda. Las demás presas la auxiliaron y llamaron al médico, quien se dio cuenta de que en el vientre de la joven reclusa se hallaba la criatura de Flora, muerta desde hace dos días en su vientre. La vida de Flora corría peligro y la intervención quirúrgica fue inmediata.

Al cabo de un año logró demostrarse su inocencia y fue puesta en libertad con el clásico "usted disculpe". Los dos años siguientes fueron de zozobra, tristeza, soledad y depresión. En esa situación se dio valor para buscar consuelo con su antigua familia. Pensaba que hallaría amor y resultó todo lo contrario. Apedreada por su padre y maldecida por su madre, se retiró más triste de lo que había llegado. Volvió a Aguascalientes y durante días y noches vagó por las calles viviendo de la caridad pública, hasta que encontró una amiga que le brindó refugio en una casa grande donde había muchos cuartos. Allí, Flora pagaría techo y alimentos haciendo la limpieza. La muchacha muy pronto observó que en el lugar vivían varias mujeres y todas entraban y salían de las habitaciones con distintos hombres. No se necesitaba gran imaginación para darse cuenta de que su amiga era una mujer de la vida alegre y la casa donde vivían era un prostíbulo.

El lugar era muy concurrido y Flora, la muchacha de la limpieza, no pasó inadvertida. Muchos eran los hombres que pretendían poseer su cuerpo, pues su bien modelada figura, pese al maltrato que había sufrido, la hacía sobresalir entre las demás mujeres. Su piel tostada por el sol y sus ojos verdes como el mar eran un gran atractivo. Cierto día un hombre bien vestido se acercó a ella y fue rechazado, así que se quejó y exigió que le llevaran a Flora. Como ofrecía una suculenta cantidad de dinero, la dueña del lugar no pudo resistirse y se dirigió a hablar con la muchacha, que en ese momento se encontraba limpiando unas mesas. Sutilmente la llevó aparte para pedirle que aceptara beber con aquel hombre y prometió pagarle una suma muy jugosa por el favor. Flora se negó, pidió a la dueña que la disculpara y dejó muy claro que no trabajaba en la casa para prostituirse sino para ganar su pan honradamente.

Doña Fifí, incómoda, se retiró y fue a decir al hombre que esa vez no podría satisfacer su capricho, y puso a su disposición a las más guapas muchachas de la casa, con las que no habría problema. Pero el hombre, herido en su orgullo, considerando inaceptable que una sirvienta lo rechazara y, sobre todo, lo humillara, dando lugar a la burla de sus amigos, duplicó la oferta y amenazó a doña Fifí con no volver a la casa si Flora no se sometía a sus deseos. Desconcertada, la señora ofreció a cualquiera de las demás mujeres por muy poco dinero, pero el hombre, que era el presidente municipal del lugar, rechazó la propuesta. Antes de retirarse dijo que o conseguía lo que deseaba o mandaría cerrar la casa.

Al día siguiente las mujeres de la casa estaban muy preocupadas, sobre todo temerosas de perder la protección del munícipe. Horas y horas platicaron con la muchacha, tratando de convencerla de que cediera, pero sólo lograron incomodarla, pues no comprendía cómo ellas aceptaban entregar su cuerpo por dinero. Así, Flora decidió abandonar la casa de citas y dijo que la mañana siguiente se iría a la ciudad de México. Viendo que su fuente de trabajo estaba en peligro, las mujeres idearon un plan de verdad inhumano: dar a Flora droga suficiente para dormirla y acomodarla después en una de las mejores habitaciones para que el presidente municipal saciara en ella sus más bajos instintos.

Esa noche, después de trabajar todo el día y cobrar su sueldo, Flora se puso a hacer su maleta pensando que por la mañana partiría hacia una ciudad en la que, dispuesta a olvidar el pasado y con toda su fe por delante, empezaría de nuevo. Al poco rato fue interrumpida por la mujer que la había contratado, quien simulando una gran amistad la abrazó y le ofreció una copa de vino. Flora, sin malicia, bebió el licor y en seguida sintió que se mareaba y se sentó en la cama. Con el mareo se dio cuenta de que algo andaba mal, sospechó que se trataba de algún tipo de engaño, pero el mal estaba hecho y, recostada en la cama, quedó profundamente dormida.

En el sótano se hallaba ya el presidente municipal, en su mesa de costumbre, y doña Fifí se le acercó para invitarle un buen vino. Pasaron dos horas y la propietaria pensó que la pueblerina había sido olvidada. Pero no faltó un amigo que se la recordara al político, así que éste se dirigió a la tratante de blancas:

—¿Qué pasó con la muchacha?

Doña Fifí mandó llamar a una amiga de Flora para preguntarle si estaba todo listo. Luego, dijo al político:

—En el piso de arriba, jefe. Tercera puerta de la derecha.

Subió tambaleante el presidente municipal, dio con la puerta indicada y al abrirla la luz del pasillo iluminó la desnudez de la pueblerina. Sin desperdiciar un momento, el hombre se arrojó sobre el cuerpo magnífico y consumó su goce, sin sospechar que ese acto infame sería el último de su vida, pues le era imposible imaginar que uno de sus enemigos le había tendido una trampa.

En la región eran cosas de todos los días las rencillas políticas, y no había más forma de hacerse del poder que la fuerza de las armas. Esa noche, varios asesinos a sueldo penetraron al sótano y sin misericordia descargaron sus armas contra los presentes. Doña Fifí trató de detenerlos, pero un disparo en la cabeza liquidó para siempre su maldad. Los matones no hallaron al político entre los muertos y los heridos, de modo que subieron a buscarlo en las recámaras. En la última puerta que abrieron, lo encontraron dormido al lado de Flora, ella sollozante, cubriéndose el rostro para ocultar su vergüenza. Sin pérdida de tiempo, los asesinos dispararon y dieron muerte al presidente municipal, pero a la vez acabaron con la vida de la pueblerina.

Toda la historia me parecía increíble, así que le pregunté a doña Virginia cómo era que conocía todos esos datos. Y grande fue mi sorpresa cuando sin titubear me dijo: "Yo soy la persona que puso la droga en la copa de Flora. Era su mejor amiga y fui una de las pocas que sobrevivieron a la matanza. Pero me parece increíble que en la casa estén espantando, pues hace mucho tiempo que nadie la habita. Fue abandonada después de lo que pasó".

Terminado el relato me despedí para regresar a la casa y continuar la investigación, pero antes reuní a mi gente y platiqué la historia. Muchos comentaron que no necesariamente tenía que ser Flora quien estuviera penando y espantando en el lugar. Varias personas habían muerto allí de manera trágica y esto podía darnos un indicio de lo que ocurría. En ese preciso momento el sicofonista empezó a captar una voz que quedó registrada; claramente se escuchaba una frase: "No puedo despertarme".

Durante varios días estudié la cinta para determinar si efectivamente se trataba de una voz femenina y acabé confirmando que era una voz de mujer. Luego regresé con la anciana para que escuchara la cinta y me dijera si reconocía la voz. Tras escucharla en repetidas ocasiones mencionó que, sin temor a equivocarse, se trataba de la voz de Flora. Dijo doña Virginia que no quería saber más del asunto, pero como estaba yo muy interesado en la investigación y teníamos el tiempo encima, pues pronto destruirían la casa, ofrecí a la anciana una buena suma para que me ayudara a terminar la investigación antes del derribo del inmueble.

Accedió al fin doña Virginia a que nos viéramos dentro de la casa y, muy motivado, preparé todas las cámaras, grabadoras y demás equipo, y puse en guardia a todos para que no se perdiera detalle y tuvieran cuidado con las bajas repentinas de las baterías, muy comunes en este tipo de situaciones.

La anciana, despreocupada, llegó muy temprano al día siguiente. Cuando estábamos listos, miró hacia la casa, la vi palidecer y sufrió un leve y fugaz desvanecimiento. Después entramos y dejamos que ella se familiarizara con lo que alguna vez fue su hogar y centro de trabajo. Recorrimos una a una las habitaciones mientras ella explicaba cómo estaba organizada y administrada la casa en su tiempo. Luego entramos al sótano y durante unos minutos miró con asombro los destrozos causados a las paredes y la sorprendió mucho descubrir, tras un muro que en parte habíamos derribado, un sector desconocido de la casa. La mujer no sabía que existiera un cuarto secreto.

Todo iba bien hasta que llegamos a un cuarto con una puerta de metal. En cuanto la mujer entró, la temperatura comenzó a descender rápidamente. Lo más increíble fue que, una vez que doña Virginia cruzó la puerta, ésta se cerró con violencia dejándonos fuera. Tratamos de abrir, pero la puerta, sin explicación posible, se hallaba trabada. En ese instante preciso todos los aparatos registraron una presencia extraña, acompañada por unos gritos aterradores que salían del cuarto donde la mujer fue encerrada.

Los gritos eran cada vez más fuertes. Sin cesar, la anciana exclamaba: "¡Déjame, déjame, yo no quise hacerte daño! ¡Suéltame! ¡Auxilio! ¡Por favor, ayúdenme, me quiere matar!"

Inútilmente tratábamos todos de abrir la puerta cuando en el monitor —conectado a una cámara que habíamos colocado en aquel cuarto— observamos con asombro cómo aparecía claramente una sombra blanca que una y otra vez se acercaba a doña Virginia. Esta mujer, sin que nadie la tocara físicamente, era azotada contra la pared, y lo más impresionante fue contemplar cómo era levantada, cual si una persona muy fuerte la elevara por el aire, y arrojada luego contra el piso. No disminuían los gritos, sino todo lo contrario, y no me quedó más que pedir que derribaran la puerta con un marro y así lo hicieron mis ayudantes.

En cuestión de segundos todo cambió. En cuanto entramos, un silencio terrible imperó en la casa. Como reinaba la oscuridad, buscábamos con las linternas, llamábamos por su nombre a la anciana y no obteníamos respuesta. Al fin logré descubrirla sentada en el piso. Su rostro aterrorizado mostraba abundantes rasguños y sus ropas se hallaban destrozadas. Era evidente que alguien o algo la había golpeado. Con ayuda de mi equipo de investigación la pusimos cómoda y posteriormente hicimos venir una ambulancia que la trasladó al hospital.

Un día después, más tranquilos, la anciana confirmó lo que de algún modo habíamos visto en el monitor. Algo la había golpeado, y aseguraba ella que se trataba del espíritu de Flora. Lloraba la anciana, muy arrepentida, pero era un arrepentimiento tardío, pues el daño estaba hecho.

Al disponerme a proseguir la investigación, encontré que el ingeniero Landeros ayudaba a sacar de la casa nuestras tiendas de campaña. No le había sido posible detener más la demolición de la casa y la maquinaria sólo aguardaba que sacáramos todo nuestro equipo. En unos minutos, la demolición empezó frente a mis ojos.

Tiempo después, levantadas ya las construcciones en el terreno de lo que fue el prostíbulo, regresé para investigar que había ocurrido. La constructora entregó un total de 25 departamentos que pronto fueron vendidos. Ya nadie le daba importancia a lo que había sucedido en ese lugar, y ya me retiraba cuando el velador se me acercó y me dijo que dos días atrás había escuchado, en uno de los departamentos que aún no se ocupaban, una voz femenina que decía: "¡No puedo despertarme!"

Interior del prostíbulo.

Entrada al salón principal.

A través de este hueco llegamos al cuarto secreto.

Pasillo que conectaba a los cuartos.

Entrada a los salones del sótano.

Sangre en la pared.

Cuarto donde murió Flora.

La verdadera historia de:
El exorcista
(La casa del demonio)

Cuando en 1973 se exhibió la película *El exorcista*, todo el mundo quedó impresionado. Lo que vivió la niña de la película nos impactó a todos, pero después del gran espanto era muy común preguntar al acompañante —que del susto seguramente se encontraba pegado al techo—: "¿Qué cenamos?"

Muy pocas personas se preguntaron y se preguntan si la película estaba basada en hechos reales o sencillamente había salido de la imaginación de una persona. ¿Qué tanta historia envolvía a la película? Mucho tiempo dediqué a investigar lo que contenía, y a encontrar y entrevistar a los personajes de la vida real que participaron en los hechos y vivieron en la casa del demonio. Hoy quiero compartir contigo lo que descubrí. Antes de que se levantara el telón en 1973, los acontecimientos en el año de 1949.

No se le regatean méritos a William Peter Blatty, autor de *El exorcista*, ya que si no hubiera escrito la novela todo el asunto hubiese quedado en el olvido, como muchas otras investigaciones. Pero también hay que decir que fue un oportunista, en el buen sentido de la palabra, pues él estaba escribiendo un libro que nada tenía que ver con estos fenómenos y un día, en la biblioteca de su escuela en la universidad de Georgetown, husmeando documentos que le sirvieran para imaginar novelas, topó con una increíble bitácora que describía perfecta y detalladamente, un exorcismo. Sin el menor titubeo comenzó a escribir sobre el asunto, cambiando los datos y los personajes. Además, ni él ni nadie sabía que la historia se convertiría en un enorme éxito de taquilla.

Por mi parte, luego de vivir la experiencia de *Cañitas* (Planeta, 1995) me dediqué a la investigación del caso del exorcista, y en el trayecto descubrí gran cantidad de cosas. Por ejemplo, no se trataba de una niña sino de un niño que en enero de 1949 vivía en Mount Rainier, Maryland, cerca de Washington, D.C. Allí me presenté para investigar a fondo aquella historia, y no niego que durante el viaje mil cosas pasaron por mi mente. ¿Qué tanto de verdad existía? ¿Seguirían ocurriendo fenómenos paranormales en la casa del diablo y en los alrededores?

Me dispuse a descubrir la verdad y supe que todo empezó en una casa pequeña sin ningún lujo, en la actualidad abandonada. En su época fue ocupada por una familia normal, sin problemas sicológicos. Douglas Deens, hijo único, tenía 13 años, y es importante señalar que en esta historia participaba otra persona. Se trataba de una tía procedente de Saint Louis, que visitaba a la familia y creía firmemente que la ouija era un instrumento adecuado para hablar con los muertos. Esto le interesó al muchacho, que de inmediato empezó a manejar la ouija. Días después de una visita de la tía, en la casa empezaron a suscitarse fenómenos paranormales. Las frutas de la mesa volaban solas, los cuadros con imágenes religiosas temblaban sin explicación y llegaban a desprenderse de las paredes. En el colchón en que dormía el muchacho comenzaron a aparecer arañazos, los padres, pensando que se trataba de ratones, mandaron llamar a los exterminadores, que no encontraron nada.

El 26 de abril de ese año de 1949 fue un día devastador para el muchacho, ya que la tía murió. Así que trato de comunicarse con ella mediante la ouija, pero sólo consiguió cambiar su personalidad: de día era un niño normal, pero al caer la noche se convertía en una persona muy agresiva, por lo que sus padres mandaron llamar a un pastor luterano, el reverendo Schulzer. El pastor tuvo al pequeño en su casa a lo largo de varios días y quedó impresionado por los fenómenos que provocaba. El 21 de mayo de 1949, Schulzer informó al doctor Drine, un médico sicólogo de la universidad de Durham, Carolina del Norte, que el chico presentaba síntomas alarmantes y desencadenaba *poltergeist* (fenómenos extraños o paranormales inexplicables), pues frente a él, en su casa, sucedieron cosas impresionantes. Los objetos se movían sin explicación, una silla lo derribó, y una vez después de acostar al muchacho el colchón se deslizó al piso y se metió debajo de la cama. El sicólogo mando llamar a los padres del muchacho, y les dijo que lo mejor era tener al niño en tratamiento sicológico, pero los padres se asustaron, pues en ese tiempo todos los enfermos mentales eran amarrados y tratados con vileza.

En 1949 una enfermedad mental era lo peor que podía pasar en una familia, así que los padres prefirieron obtener ayuda de la iglesia. El reverendo que había visto al muchacho en un principio, pensando en una posible posesión demoníaca buscó la ayuda de un cura católico, pues los católicos tenían gran experiencia en exorcismos. En la iglesia de Saint James tomó el caso el padre Hughes, que en aquel entonces era muy joven. Años después Hughes conversó del asunto con el padre Frank Hoper, a quien entrevisté.

Hoper me comentó que cuando Hughes fue por vez primera a ver al chico, éste se molestó y lo insultó, a la vez que decía que él era el mismísimo demonio. El cura, entonces, tomó la decisión de exorcizar con el viejo ritual romano, pero como no tenía gran interés ni en el caso, ni en el muchacho, antes lo comentó con el arzobispo, quien le ordenó que se ocupara del asunto. Hughes, sin embargo, no se preparó como lo exigía el ritual. Para exorcizarlo internó a Douglas e hizo que lo ataran en la cama de su habitación, en este ritual sólo estaban el muchacho, el sacerdote y un asistente. Durante el exorcismo el padre rezo fuertemente, las cosas empezaron a volar sin explicación alguna —en ese momento Hughes dudo de su fe y dejo que el miedo lo invadiera, sin embargo no dejo de leer fuertemente la Biblia—, la temperatura bajó dramáticamente y el chico no paró de maldecir y escupir al sacerdote. Después de un par de horas Douglas logró desprender un resorte de acero del colchón e hirió al padre en un brazo, le cortó y desgarró desde el hombro a la muñeca, era una lesión grande y sangraba abundantemente, Hughes al momento de la herida arrojó la Biblia y se hincó al pie de la cama, el dolor era inmenso, se sentía confundido y tenía mucho miedo, no podía creer lo que estaba viviendo. El chico, en tanto, reía sin parar, con rostro diabólico y mirada retante. A Hughes tuvieron que cerrarle la herida con más de cien puntadas.

Cuando entrevisté al padre Hoper, me dijo que al principio de su sacerdocio Hughes no creía en el demonio, hasta que se lo encontró frente a frente.

Después del fallido acto de exorcismo, el muchacho volvió a su casa donde cierto día, cuando se quitó la camisa para meterse a la ducha, noto algo extraño en su piel y al mirarse al espejo del baño lanzó aterradores gritos, pues en su pecho aparecieron rasguños que mostraban la palabra "Louis".

La madre le gritó: "¿Qué te hiciste?"

Y respondió él que nada. La madre observó la palabra que se dibujaba en el pecho del muchacho, y no pudo evitar dar un paso hacia atrás ya que le dio miedo, la palabra desapareció y apareció al momento, diciendo lo mismo "Louis".

—¿Quieres ir a Saint Louis?

Y en el pecho del chico se dibujó la palabra "sí" (yes). Sin pensarlo más, se dirigieron a aquella población.

Por mi parte, también viajé a St. Louis para saber más de la verdadera historia y sus personajes.

Al llegar a St. Louis la familia de Douglas se alojó con una prima que estudiaba en la universidad del lugar. La prima, al ver que en su casa comenzaban a suscitarse cosas extrañas, pidió a la madre de Douglas que le revelara qué estaba pasando, y una vez enterada dijo que lo mejor sería hablar con el padre Bishop, jesuita, profesor en la universidad. Bishop, luego de escuchar a los padres de Douglas, acudió a la iglesia de San Francisco Javier, donde habló con el padre Bowdern. Luego, los dos visitaron al muchacho en su casa, donde fueron testigos de una serie de inusitados acontecimientos a los que no lograron darle una explicación lógica. El fenómeno, lo que fuera, mostraba un gran repudio a todo lo religioso y a los religiosos, de modo que los eclesiásticos fueron agredidos física y verbalmente entonces decidieron ayudar al muchacho teniéndolo en constante observación y así comenzaron a escribir la bitácora hallada años después por William Peter Blatty.

En su libro, Blatty no habla del primer exorcismo, ni la herida causada al padre Hugues, ni dijo que la ciencia ya había agotado todas sus expectativas de investigación.

Leer la bitácora me resultó impactante. De modo que a continuación expongo tal cual parte de los hechos que en ella se mencionan, no con la intención de convencerte de esa posesión sino para que tomes tus propias conclusiones.

BITÁCORA DE BISHOP

Miércoles 9 de marzo, visitamos (Bishop y Browdern) al muchacho, quien parecía haber recibido un fuerte golpe en el estómago. Al desvestirlo vimos como se presentaban rasguños en zigzag en su cuerpo y no hallaron explicación alguna.

Viernes 11 de marzo, el muchacho dormía cuando el agua bendita salió volando frente a nuestros ojos. Luego, observamos como la vitrina y una silla del cuarto se levantaban, y en ese momento un crucifijo fue a estrellarse en el muro y se rompió en mil pedazos.

Los padres del muchacho llamaron nuevamente a los religiosos Browdern y Bishop y estos dijeron que no había nada que investigar, el niño estaba poseído y pedían autorización para un exorcismo.

Martes 15 de marzo, el rosario de Margarita María, al serle colocado al muchacho, fue arrojado hacia sus rostros; ese mismo día, el colchón permaneció un par de horas azotándose contra la estructura de la cama, fue imposible pararlo.

Para realizar el exorcismo en la forma en que el ritual católico lo ordenaba, los curas pidieron permiso al arzobispo Ritter, quien al conocer las evidencias lo autorizó. El padre Browdern le pidió que él mismo se encargara del exorcismo, pero el arzobispo se negó con una serie de argumentos absurdos. Sin embargo, por orden superior los tres sacerdotes fueron señalados para exorcizar a los demonios de Douglas Deens.

El exorcismo comenzaría el miércoles 16 de marzo. Ese día el joven jesuita Walter Halloran, chofer del padre Browdern, llevó a éste a la casa del muchacho. Encontraron a la familia cenando y al cabo de un rato subieron todos a rezar en la habitación del muchacho. Al entrar a ella, Douglas comenzó a azotarse contra la cama, después una botella de agua bendita salió disparada y en todo ese tiempo la cama no dejó de saltar, se sentía un gran frío en la habitación.

Pronto, los presentes observaron claramente cómo unos arañazos que salían de la nada se dibujaban en el pecho del muchacho. Pero lo más impresionante fue la cara de diablo que se dibujó en forma tan clara que no podía achacarse a la imaginación. Era evidente que Douglas se hallaba poseído.

Jueves 17 de marzo, pareció que los rezos del ritual comenzaban a surtir efecto, pues la agresividad del muchacho (es decir, del demonio que lo poseía) iba en aumento, al grado de que se tuvo que amarrar a Douglas a la cama y él se defendió escupiendo con una puntería tremenda, así tuviera los ojos cerrados.

Viernes 18 de marzo, en un ambiente aparentemente más tranquilo, se creyó que los ataques empezaban a ceder al exorcismo, pero durante el rezo del rosario el muchacho comenzó a azotarse y varios objetos se pusieron en movimiento.

Sábado 19 de marzo, la situación provocó una gran crisis en la madre de Douglas, así que tuvimos que internarla en esa ciudad.

Los sacerdotes, entonces, decidieron internar al muchacho en el hospital de los hermanos salesianos de St. Louis. Continuaron el exorcismo en el área de enfermos mentales, y allí el poseído no cesó de maldecir a todos, dijo que morirían y lo acompañarían en el infierno.

Viernes primero de abril, decidimos convertir al niño en católico, con la pretensión de fortalecer su fe y ayudar así a la expulsión del demonio.

Llevaron a Douglas en auto a la iglesia donde lo bautizarían. Al principio se mostró tranquilo, pero cuando se acercaban al templo comenzó a burlarse.

—Así que piensan bautizarme —dijo—. ¡Estúpidos!

Se apoderó entonces del volante e intentó estrellar el auto. Uno de los religiosos que esperaban en la iglesia, escuchó el rechinar de las llantas, salió y halló al muchacho en una de sus peores crisis, por lo que decidió bautizarlo en el hospital, para no profanar la iglesia. Así, por la tarde Douglas fue bautizado. Y sólo el 2 de abril, tras repetidos intentos —que consumieron muchas horas—, aceptó a dios como su protector.

Al terminar decidieron llevarlo a una casa de retiro que pertenecía a los jesuitas, llamada la Casa Blanca, ubicada en una colina en las afueras de St. Louis, sobre el río Mississippi. Un día, estando ya en esta casa, Walter Halloran al ver a Douglas más tranquilo decidió salir a caminar a los alrededores, en la decoración del jardín destacaba un camino empedrado donde con una escultura se representaba la vida, pasión y resurrección de Jesús. Al estar caminando, respirando un poco de paz y tranquilidad que gran falta les hacía, Douglas vio la figura de mármol e inmediatamente echó a correr sin dirección alguna, tal parecía que trataba de huir de algo, se cubría los ojos y gritaba palabras que Walter Halloran no comprendía, sin embargo él en ese momento era responsable del muchacho, así que corrió lo más rápido que pudo para tratar de alcanzarlo, Douglas llegó a un precipicio e intento arrojarse y cegar su vida. Por fortuna el padre Halloran logró alcanzarlo, lo derribó al borde del precipicio. Douglas, entonces, recuperó la conciencia y preguntó ¿qué pasó?, no recordaba nada en absoluto.

Llegó la Semana Santa y los rasguños volvieron a presentarse. Los padres Browdern y Bishop se mostraban desconcertados, pues los avances tan penosamente lograods de golpe entraban en retroceso, como si alguien hubiese estado jugando con todos ellos.

El 14, 15 y 16 de abril, jueves, viernes y sábado de esa semana, los sacerdotes intensificaron las presiones. De hecho, empeñados en el exorcismo, casi no dormían. El sábado, uno de los ayudantes del padre Bishop llevó la imagen de san Miguel Arcángel, señalado para luchar contra el demonio. La imagen fue colocada en el buró, junto a la cama del muchacho.

Lunes 18 de abril, el muchacho amenazó con matarse si continuaba el exorcismo. Y esa noche, exactamente a las diez, emitió una voz ronca, seca, metálica, que anunció:

—No me iré hasta que el muchacho pronuncie las palabras. Pero nunca las dirá.

Y se echo a reír con una voz ronca y una mirada retadora. A las once de la noche, después de un lapso de terrible agresividad, el muchacho se levantó y, con una voz muy diferente de la que los padres se habían acostumbrado a escuchar, dijo:

—Satanás, soy san Miguel y en nombre del *Dominus* te ordeno que dejes este cuerpo ahora. Ahora.

¡Esas eran las palabras!

La bitácora, tal como la reproduzco, parece contar la verdadera historia abordada en la novela *El exorcista*. Hay más. Según buen número de personas que entrevisté en aquella población, que o bien vivieron ciertos hechos o los escucharon por boca de gente ya fallecida. En el momento culminante del exorcismo pudo escucharse en el hospital un fuerte estallido, como un disparo (y esto lo recordaron algunas personas que nada sabían del exorcismo), al tiempo que en el templo de San Francisco Javier varios sacerdotes jesuitas vieron claramente una luz enorme que iluminó el altar dibujándose en ella la imagen de san Miguel Arcángel, se mantuvo una cuestión de segundos, era como ver una lucha entre el bien y el mal.

El último registro de la bitácora señala que:

29 de agosto de 1950, Douglas Deens visitó a los sacerdotes que lo ayudaron, se veía tranquilo, no recordaba nada, su comportamiento era el de un muchacho normal.

La casa donde comenzaron los acontecimientos actualmente se encuentra abandonada y es conocida como "La casa del diablo". El padre Browdern investigo más de 200 casos posteriores y ninguno resultó verídico. Murió en 1983, a la edad de 86 años.

El padre Hughes rompió el silenció y refirió todo lo que sabía al padre Hoper, y éste me dio muchos datos sobre la verdadera historia de Hughes, quien murió en 1980.

Aunque muchas personas se confabularon para ocultar la verdadera personalidad del poseído, logré dar con él. Actualmente vive en St. Louis y, aunque me concedió una entrevista, afirmó que todo aquello está olvidado y no le interesa recordar nada de lo pasado. En consecuencia, aunque no me negó el derecho de escribir su historia y publicarla, me pidió que no mostrara su fotografía ni revelara su dirección.

Este capítulo sobre la verdadera historia de *El exorcista* está dedicado a un gran mexicano, el maestro Gonzalo Gavira, quien se encargó de los efectos especiales en la película de ese título.

Cuando se indaga con responsabilidad y entusiasmo, se da uno cuenta de las innumerables investigaciones que han caído en el olvido, o se han perdido en documentos olvidados en las bibliotecas o en los polvorientos estantes de alguna casa o bodega.

Mi experiencia personal en el caso de Cañitas me ha llevado a investigar hasta las últimas consecuencias todo lo que pueda ser paranormal o sobrenatural. Esto me ha permitido estar en contacto directo contigo, que sigues fielmente mis escritos. Mi compromiso sigue en pie: descubrir el velo que separa la vida de la muerte.

Padre Hughes.

Padre Browdern.

Padre Bishop.

Padre Walter Halloran, que vive aún.

La casa del demonio.

Iglesia anglicana.

Washington 17, D.C.
Phone: DUpont 7591

Dr. J.B.Rhine,
Department of Psychology,
Duke University,
Durham, N.C.

Dear Dr. Rhine:

We have in our co........g
phenomena...................

Bitácora de Bishop.

Hospital donde se realizó el exorcismo.

La iglesia de Bishop, Browdern y Hughes.

Representación de la vida, pasión y resurrección de Jesús que observó Douglas en el parque.

El ente

Los fenómenos paranormales o sobrenaturales siempre han sido negados por los escépticos o los científicos. Cuando vi la película *El ente*, me deslumbró de tal modo que inmediatamente traté de ponerme en contacto con los científicos que estudiaron este caso paranormal en su momento. Y así, rescatar la esencia verdadera de los acontecimientos narrados en el filme. Cuando detecto un fenómeno paranormal, es de suma importancia para mí investigarlo, llegar hasta sus últimas consecuencias. Un caso tan increíble como éste no podía ignorarlo, ni permitir que permanezca oculto en la memoria de las personas que lo vivieron. Así que en agosto del 2000 comencé a indagar el paradero de los participantes originales en la historia. Y el asunto fue tomando dimensiones increíbles.

Debo comenzar por explicarte qué es un íncubo. La historia de terror de *El ente* menciona a los habitantes del inframundo, seres muy agresivos que atacan sexualmente a sus víctimas, cuya experiencia es muy aterradora. A tales seres se les conoce con el nombre de íncubos y súbcubos. Los primeros atacan sexualmente a las mujeres, los segundos, a los hombres. Se tienen informes de este tipo de fenómenos paranormales desde el medioevo. El caso más reciente se registró en Los Ángeles, California, en la década de los setenta. Así que alisté mis maletas y volé a Los Ángeles.

En California me recibieron mis amigos, integrantes de la OMIP (Organización mundial de investigación paranormal), Víctor Camacho y el tío Luis Quiroz, quienes habían hecho adelantos en la indagación y localizado parte de la historia y a uno de los asistentes de los científicos encargados de la investigación, se trataba del doctor Kraft, quien no sospechaba que una mañana me encontraría con él para hablar de su experiencia. En uno de los barrios de Los Ángeles llegamos a una casa de clase media. Nos abrió una trabajadora doméstica, que en principio nos negó la entrada para evitar que entrevistáramos al sicólogo. La negativa se debía a que el sicólogo no deseaba recordar nada de su experiencia pasada, pero ante mi insistencia, y después de identificarme, la sirvienta accedió a anunciar mi presencia y al cabo de un tiempo pude hablar con el doctor Kraft.

El doctor sabía de mí y de mi organización; ya que con regularidad visitaba mi página web. En seguida me invitó a pasar al jardín para que conversáramos en un ambiente más agradable, y de golpe me disparó una pregunta: ¿Por qué me interesaba la historia del ente? Mi respuesta fue que deseaba recoger información sobre este tipo de fenómenos y documentarlos, ya que creía que su historia era verdadera, además de que cabía la posibilidad de que con esto aumentáramos nuestros conocimientos sobre el tema. De viva voz, pues, comencé a enterarme de los hechos.

La historia inicia con una familia estadunidense compuesta por la madre, Cynthia Moran, una mujer joven y hermosa, con tres hijos, dos de ellos adolescentes y la menor, una niña de diez años. Habían decidido irse a vivir a Los Ángeles y, muy ilusionados, visitaron varias casas hasta encontrar una adecuada a sus posibilidades económicas. Era un lugar agradable y, después de firmar los documentos, la familia se trasladó a ella.

Los fenómenos empezaron inmediatamente. Ruidos muy extraños se presentaban en las diferentes habitaciones, pero la familia, sin hacer mucho caso de aquellos sucesos, trató de llevar una vida normal. Al cabo de unos días recibieron la visita del novio de Cynthia Moran, un hombre maduro dedicado a la venta de bienes raíces, quien se mostraba feliz en ese hogar apacible, acompañado por una mujer todavía joven. Sin embargo, cada vez que la pareja tenía relaciones íntimas se percibía un fuerte olor a excremento y las llaves de la regadera se abrían solas. Alarmado, Brad, el novio de Cynthia revisó las tuberías de la casa, que se encontraban en perfecto estado.

Poco después Brad tuvo que ausentarse. Cynthia, luego de despedirlo, entró a su habitación a reposar, era ya tarde y sus hijos dormían y, según refirió, las lámparas de las mesas empezaron a temblar y los vidrios de la alcoba reventaron. Ella Pensó que se trataba de un temblor y, tras ir por sus hijos a sus habitaciones, abandonó el lugar a toda carrera. Los muchachos vieron tan espantada a su mamá que no entendían qué le pasaba, le preguntaron "¿qué tienes mamá?", "¿qué pasa?" Ya en la calle, se dio cuenta de que no pasaba nada, pero sus hijos confundidos, no dejaban de preguntar "¿Qué pasa, mamá?".

Volvieron a la casa, Cynthia, tranquila ya, entró a su cuarto. A punto de recostarse, una almohada le fue arrojada sobre el rostro y sintió que unas manos le tocaban el cuerpo. Trató de gritar, pero no logró hacerlo porque no podía respirar; alguien o algo estaba tratando de ahogarla. Y a punto de perder el conocimiento, inexplicablemente la almohada abandonó su rostro. Segura de que no había sido un mal sueño sino algo real, comenzó a gritar pidiendo ayuda. Acudieron sus hijos y, pensando que se trataba de un ladrón, revisaron dentro y en los alrededores de la casa, sin hallar nada. Los hijos se hallaban muy desconcertados, pero la señora Moran sabía que los extraños sucesos no eran producto de su imaginación, que alguien había tratado de abusar sexualmente de ella.

Una noche, en la recámara, al estarse despintando frente al espejo del tocador, Cynthia recibió un fuerte golpe en el rostro —sintió claramente una mano grande y corpulenta de gran fuerza— que le provocó una hemorragia nasal. Cayó y, cuando intentaba levantarse, fue golpeada de nuevo. Después, alguien la sujetó de los hombros y brazos —estas parecían ser manos pequeñas— la alzó con brusquedad y la azotó en la cama. En ese momento sus piernas fueron separadas, sintió como claramente la penetraba un miembro masculino de alguien a quien no podía ver. Repetidas veces intentó gritar, levantarse, pero cada intento era sofocado con un bofetón.

Minutos después volvió la calma, pero en la mujer quedaron los inconfundibles signos de una violación física. En cuanto pudo gritó y despertaron sus hijos, que acudieron al instante para encontrar a su madre echada en el piso, llorando y al borde del desmayo, con visibles moretones en el cuerpo. Inmediatamente pidieron una ambulancia y la intervención del cuerpo policiaco especialista en ataques sexuales. Los agentes peinaron la zona, pero no hallaron rastro del presunto agresor. Por otra parte, al realizar los exámenes médicos de urgencia no se halló en el cuerpo de la señora semen, en su habitación no había señal alguna de agresión, las cerraduras no habían sido forzadas, todas las ventanas estaban cerradas por dentro y nadie, incluso la misma víctima, había visto algo o a alguien, es más, los hijos de Cynthia no escucharon nada más que los gritos a los que acudieron inmediatamente y para entonces su mamá estaba sola. La policía le aconsejó que visitara a un médico, ella se sintió ofendida y enfadada de que no le creyeran, incluso su propia familia la veían con extrañeza. Trató de no molestarse y prometió pensarlo para que la dejaran en paz. Después de meditarlo bien decidió al día siguiente hacer cita con el sicólogo, a quien le relató su experiencia con un ser invisible. El médico le dijo que podía ser un caso de esquizofrenia, que tratara de tranquilizarse, pues todo era producto de su imaginación. Cynthia replicó que, si era producto de su imaginación, le explicara cómo podía tener tantos moretones y marcas de mordidas que eran visibles en la parte de atrás del cuello. Era imposible que ella misma se hubiese mordido, por tanto, según la lógica del médico, tendría que haber un amante secreto que era quien la había golpeado y ella mentía para ocultarlo. Decepcionada, Cynthia Moran volvió a su casa con el temor de que el ataque se repitiera.

De regreso a casa, se sumió en sus pensamientos, buscándole una lógica a lo que le pasaba. De pronto, el acelerador se hundió hasta el fondo y la velocidad aumentó de manera alarmante, al tiempo que los vidrios subían por su cuenta. Atrapada en el auto, desesperada, escuchó allí dentro una voz que exclamó: "¡Estás muerta, perra, estás muerta!"

Cuando el auto estaba a punto de estrellarse contra una barda, sin su intervención, frenó bruscamente. Inmediatamente salió de él, pero no le quedó duda de que algo extraño la acosaba. Y tenía que averiguar qué era.

En esos días conversó con diversos amigos, pero ninguno le daba un buen consejo, es más nadie le creía, no faltó quien la acusara de loca. Así las cosas, una tarde se refugió en la casa de una amiga de nombre Laura, con quien habló de sus experiencias con algo que no podía ver pero que le hacía mucho daño tanto física como mentalmente. Laura, lejos de verla como una loca, la escuchó con respeto, aunque sin dar crédito a sus palabras. Al llegar la noche, el marido de Laura aprobó que la señora Moran pasara allí la noche. Laura y el marido tenían un compromiso, así que se dispusieron a salir. A punto de abordar su automóvil, escucharon un grito aterrador. Laura inmediatamente regreso corriendo a su casa para ver qué pasaba y, al abrir la puerta del departamento, vio a Cynthia tirada en el piso, llorando, cubriéndose el rostro, mientras los cuadros y otros objetos volaban por los aires azotándose contra las ventanas y paredes. En ese preciso momento entró el marido, quien testificó cómo todos los vidrios estallaban. Laura corrió agachándose y cubriéndose el rostro y abrazó fuertemente a su amiga para protegerla. La señora Moran abrió la boca para decir que no estaba loca, pero antes de que lograra emitir algún sonido, Laura le dijo:

—Perdóname, no te había creído, pero ahora lo vi todo.

Cynthia dejó escapar un grito de entusiasmo en cuanto supo que alguien, aparte de ella, había visto la agresividad del ente. El marido insistía en pedir una explicación a la huésped, y Laura lo hizo callar gritándole que él también había visto lo inexplicable.

A partir de ese día las dos amigas se dedicaron a buscar, en los más diversos libros esotéricos, una explicación de lo que le pasaba a la señora Moran. Y fue precisamente en una biblioteca esotérica donde conocieron al doctor Kraft y a Joseph Mehan, que en esos días estudiaban en la universidad de West Coast.

"Al enterarnos del caso —refirió el doctor Kraft—, armados con cámaras fotográficas nos trasladamos al domicilio de Cynthia y allí percibimos claramente que alguien o algo nos observaba. En la recámara, ella empezó a llamar al íncubo, retándolo a que la volviera a violar, por instrucciones de nosotros, pero en esta ocasión, estando como testigos, sólo hubo rayos que salieron de la nada, como descargas eléctricas muy débiles. La señora Moran pensó que el íncubo estaba débil y al cabo de unas horas abandonamos la casa y decidimos revelar y estudiar las fotografías que habíamos tomado. Así lo hicimos e, increíblemente, en una fotografía apareció la figura de un hombre robusto. En ese momento sonó el teléfono. Era uno de los hijos de la señora Moran, que nos comunicó que su madre nuevamente había sido atacada.

"Volvimos al domicilio de la señora y constatamos que, en efecto, había sido golpeada salvajemente y, según afirmó, violada. Su ropa interior estaba manchada de sangre. En esta ocasión la violación había sido diferente. Hallándose dormida, el ente empezó a tocarla delicadamente, esta vez no la obligó, le acarició con suavidad cada centímetro de su cuerpo hasta excitarla. Luego sintió cómo algo la penetraba, tuvo un orgasmo y despertó. Y al abrir los ojos de nuevo fue golpeada hasta quedar inconsciente.

"Tomamos la decisión de trasladar a la señora Moran a la universidad, reproducir la casa en el auditorio y monitorearla todo el tiempo. Nuestra intención era atraer al ente y, si se presentaba, congelarlo con helio líquido y estudiarlo. Nos intrigaba mucho el hecho de que el ser pudiese ocupar un lugar en el espacio

"Tuvieron que pasar varios días para que al fin los aparatos comenzaran a sonar dando aviso que había una presencia ajena en la habitación de Cynthia. Al escuchar los avisos, el ente trató de escapar. En tanto, con gran esfuerzo, pues una fuerza extraña se empeñaba en cerrar la puerta, logramos sacar a la señora Moran. Entonces hicimos funcionar la trampa de helio líquido que habíamos preparado y tras unos segundos de gran confusión tuvimos ante los ojos de todos los presentes una enorme mole que alcanzaba el techo, dentro de la cual algo se movía con violencia, tratando de escapar de la prisión de hielo. Dentro de la mole, lo sabíamos, se hallaba el íncubo, que al fin, a fuerza de brutales golpes, resquebrajó su cárcel y escapó."

Hasta aquí el relato del doctor Kraft.

Días después Cynthia Moran se mudó. Los dos jóvenes sicólogos elaboraron el siguiente informe:

INVESTIGACIÓN POLIFACÉTICA SOBRE
EL FÍSICO Y LOS COMPONENTES FÍSICOS
DE UN ENTE INCORPÓREO.
INFORME PRELIMINAR Y OBSERVACIONES
EN PREPARACIÓN: ESTUDIO CUANTITATIVO,
INFORMACIÓN, REDUCCIÓN Y ANÁLISIS.

Por EUGENE KRAFT y JOSEPH MEHAN

Presentado para completar la tesis con que optan por el grado de licenciados en el departamento de sicología de la universidad de West Coast, a la doctora Elizabeth Cooley, directora de la sección de parasicología.

El estudio de los sucesos ha demostrado que el experimento realizado con la señora Moran se efectuó en condiciones tan restrictivas, que es imposible proporcionar una evaluación definitiva e incontrovertible del fenómeno síquico presenciado.

Las descripciones de hechizos, apariciones, fantasmas y otros visitantes incorpóreos nunca habían sido analizadas en un laboratorio. Por tanto, toda área de la investigación parasicológica ha sido ignorada siempre por los científicos, no sin razón, ya que es difícil proporcionar una información seria, que haga verosímiles los resultados.

Nuestra investigación de cuatro meses, sin embargo, ha tenido éxito en su objetivo: lograr que un ente síquico visitara un laboratorio, y nos ha proporcionado un rico material sobre la naturaleza del fenómeno.

La señora Moran era visitada por un ente al que a veces acompañaban otros dos más pequeños. Con el propósito de estudiar el fenómeno, se la trasladó a un escenario a prueba de sonido (ver el diagrama que acompaña el informe).

El escenario reproducía con toda exactitud su casa, salvo el techo, del que prescindimos para poder utilizar monitores y detectores sensoriales. Además, las paredes fueron protegidas por cubiertas especiales, para impedir que algunas interferencias electromagnéticas del exterior pudieran entrar al recinto.

Durante varias semanas, la paciente vivió allí en su ambiente natural, rodeada de sus alfombras, cortinas, sillas, cama y utensilios. En todo ese tiempo no se observó cambio alguno a través de los monitores. Poco a poco, en la medida en que se acostumbraba a su nuevo ambiente, la señora Moran comenzó a manifestar el estado de ánimo que había tenido durante los meses anteriores al experimento. En ese estado de ánimo cabe destacar su ansiedad por su familia, ideas recurrentes sobre los problemas con su novio y recuerdos infantiles.

Lentamente, su cuaderno de apuntes empezó a llenarse con descripciones de sueños reiterativos que sugerían un paisaje que la aterraba; en varias ocasiones manifestó en forma oral que tenía la premonición de que la visita del ente estaba cada vez más próxima. Al producirse determinadas variaciones emocionales, se obtuvo la primera información respecto de los cambios de concentración, distribución e intensidad de los íones de la atmósfera; la primera variación afectiva tuvo lugar con la ruptura definitiva entre la paciente y su novio. Esta experiencia traumática tuvo como consecuencia, ocho horas más tarde, notables fluctuaciones en la resistencia atmosférica (constante dieléctrica a la radiación elf), que descendió a 40 ciclos por segundo, fenómeno característico de los seres humanos y de los animales. La segunda variación se produjo con la visita de la madre de la señora Moran. No habían tenido relaciones durante diez años, y el hecho de que la señora Dilworth se llevara con ella a sus nietos provocó la segunda modificación en la lectura de las grabaciones sensoriales.

Al aumentar el aislamiento, la paciente se fue hundiendo cada vez más en sus propósitos, recuerdos, fantasías, culpas y esperanzas de una vida mejor. Prácticamente, había olvidado que se encontraba en el escenario de un laboratorio. Empezó a hablar sola o con personas que no se hallaban presentes, algunas de las cuales ya habían muerto. En pocas palabras, comenzó a manifestar las características típicas de un receptor síquico en estado de receptividad.

Durante un periodo de 42 horas se pudo registrar una serie de fenómenos perfectamente visibles, entre los que debe mencionarse en primer lugar una masa blanca que flotaba a lo largo de la pared y que, convertida en un globo de luz tres horas más tarde, permaneció allí inmóvil a escasos centímetros del piso.

La paciente empezó a gritar ante la aparición, y los insultos que le dirigía tenían como objetivo aliviar el espanto que padeció al vivir aterrorizada durante casi seis meses. Con cada una de las imprecaciones, la sustancia del ente sufría dramáticas modificaciones, observadas por todos los testigos pero que, desgraciadamente, no fueron registradas por ninguna de las cámaras ni grabadoras activas en aquellos momentos, ni siquiera por el equipo de termo visión, el video y un hológrafo doble láser. Los cambios más significativos del ente fueron las transformaciones que experimentó hasta convertirse en una nube luminosa de color azul verdoso. Poco después la nube se convirtió en una masa muscular semejante a la que puede apreciarse en un embrión.

Inmediatamente antes de la aparición hubo cambios significativos y repentinos en la atmósfera electromagnética y termoiónica que rodeaba a la paciente.

No es posible, por el momento, determinar si estos cambios se debieron a la aparición o si la aparición y estos cambios fueron causados por otros factores aún desconocidos.

La ultima parte del experimento, y la más importante, era un intento de analizar el problema mayor, y el más complejo, de las ciencias paranormales.

Se roció al ente con helio líquido, casi a la temperatura de cero absoluto, así como un compuesto secundario hecho de una solución clara con partículas en suspensión. En el momento mismo que se produjo el contacto entre el helio y el ente, se escuchó un grito.

Los testigos presénciales afirman que la palabra pronunciada por el ente fue: "suéltenme".

El ente fue visto por ocho personas a la vez, quienes observaron y escucharon las mismas cosas y en el mismo momento. Sin embargo, todas las grabaciones que se pretendía hacer mediante el sistema de longitud de onda, fallaron.

Podría preguntarse, entonces, si se trató de una alucinación colectiva producto de muchas semanas de fatiga, trabajo continuo y deseo de ver al ente. Tal posibilidad está absolutamente descartada, pues entre los testigos se hallaban el decano, un integrante del equipo de siquiatría y un médico residente, todos los cuales se mostraban escépticos respecto de la investigación. Queda excluida así la posibilidad de que tanto ellos como el grupo interdisciplinario de la doctora Cooley hubieran sido hipnotizados. Es imposible que todos los testigos hubiesen informado exactamente lo mismo de no haberlo visto en la realidad; por otra parte, hay que tomar en cuenta que muchos de ellos no se conocían entre sí y tenían escasos conocimientos en parasicología y aún menor interés en ella.

¿Cómo podemos, entonces, explicar el misterio? ¿Se trata, una vez más, de la fábula, reiterada a lo largo de cien años, del fantasma que no puede ser fotografiado?

La verdad es que el ente existía independientemente de quienes presenciaron el experimento. Y esta realidad ha sido demostrada mas allá de cualquier duda posible mediante la grabación de los cambios de temperatura, los contadores de concentración iónica y las fluctuaciones de la atmósfera electromagnética. Cabe preguntarse qué provocó la falla de los equipos técnicos destinados a registrar el fenómeno de manera sonora y visual.

La energía síquica, hacia la cual la paciente era extraordinariamente receptiva, se manifestó en forma violenta. Puede ser que los testigos presenciales la hayan percibido en forma física y sus mentes, para traducir la experiencia a un nivel de conciencia, interpretaran los hechos como si los hubieran visto. En otras palabras, una tormenta de energía síquica, quizá dotada de inteligencia, fue interpretada por las mentes humanas como si hubiesen presenciado ciertos sucesos, cuando en realidad sólo recibieron en forma síquica la presencia del ente. Eso explicaría la exacta correspondencia en las declaraciones de todos los testigos.

Es obvio que había una energía inmensa en el laboratorio. Provocó cambios en la estructura, detuvo las agujas de casi todos los cuadrantes y, finalmente, causó la destrucción del laboratorio, lo que produjo graves heridas a Kraft.

La naturaleza exacta de esta energía aún no es conocida y no sabemos si fue electromagnética o si produjo ondas electromagnéticas sólo como efecto secundario. De hecho no hay teoría alguna que pueda explicar el vasto campo de energías que pudo apreciarse durante el experimento. Bien puede ser que se trate de una forma nueva de energía, que sólo ahora se empieza a investigar científicamente.

Una cuestión secundaria, el origen del ente, no tiene todavía respuesta definitiva. Puesto que la aparición existía independientemente del sujeto que la percibió, tal como lo confirman los antecedentes ofrecidos, queda por averiguar si se trata de un ente proyectado por el sujeto mismo o si proviene de fuentes espacio-temporales todavía por explorar.

Esta última hipótesis parece la más acertada, dado el alto grado de independencia demostrada por el ente síquico ante la voluntad síquica del sujeto. Es probable que un sujeto muy receptivo a este tipo de fenómenos pueda servir de intermediario entre los hechos observables y los distintos planos de la experiencia síquica. Es imprescindible un mayor número de investigaciones y experimentación para resolver definitivamente este problema.

No se puede aceptar que este experimento se clasifique como un caso de alucinación colectiva o un fraude. El hecho de que el fenómeno haya sido presenciado por numerosas personas, algunas reacias a aceptar lo que se estaba haciendo, demuestra de manera concluyente que el ente existía en forma independiente de los seres humanos, tal parece que ocupa un lugar en el espacio y en el tiempo, y que tal vez se pueda establecer.

El mismo día en que el doctor Kraft me proporcionó el informe de la investigación (expuesto tal cual en las páginas anteriores), me comentó que la vieja casa de la señora Moran había sido demolida. En cuanto a la universidad, como la investigación había acarreado graves problemas a la dirección de la escuela, fue clausurada por la directiva del patronato.

Para completar la investigación, me pareció importante averiguar algunos puntos que a mi juicio se habían descuidado. En primer término, traté de localizar la ubicación de la casa original, para después entrevistarme con la señora Moran.

Víctor Camacho y el tío Luis Quiroz se echaron a buscar la casa. No fue fácil dar con ella pues, luego de tres décadas, calles y avenidas habían cambiado de nombre. Nos vimos obligados a consultar planos de la época y al fin logramos localizar el sitio.

Había en ese sitio una dependencia del gobierno en la cual realizamos entrevistas con los empleados y no obtuvimos datos paranormales. Al parecer allí nada raro pasaba y los veladores decían que era un lugar apacible. Esto me dejó un mal sabor de boca, pues imaginaba lo contrario. Más tarde pregunté al sicólogo si podríamos visitar a la señora Moran en su nueva casa y dijo que sí, que para él sería muy grato visitarla después de tantos años.

Al día siguiente, muy temprano, nos dirigimos a la población de Tarzania, en Los Ángeles, California. Después de muchas vueltas dimos con la casa, tocamos a la puerta y nos abrió unos de los hijos, adulto ya. Nos miró como a bichos raros, pero al preguntarle el sicólogo por su madre, lo reconoció y nos invitó a pasar.

En el interior pude conocer el rostro de Cynthia Moran en una fotografía que se encontraba sobre el televisor junto a un ramo de rosas. Como lo supuse, el hijo de la señora Moran nos dijo que su mamá había fallecido. Cinco años atrás, puntualizó.

Le pregunté si no tenía inconveniente en que visitáramos la tumba de su madre, pues me gustaría guardar un recuerdo cercano de ella. Aceptó, nos dirigimos al cementerio donde descansaban los restos y pude contemplar una tumba muy cuidada, pues los hijos la visitaban con frecuencia. Tras un par de horas le pedí que me platicara de los ataques que sufría su madre y dijo que habían cesado en cuanto se mudaron. A partir de entonces decidieron no comentar nunca más aquellas experiencias para evitarse ironías y bromas torpes de familiares y amigos. De regreso, antes de dejar al doctor Kraft y al hijo de la señora Moran, les pregunté si habían tenido alguna certeza sobre lo ocurrido. Su respuesta fue la de siempre: ninguna.

Mis ayudantes y yo nos fuimos a cenar y en el restaurante el tío Luis se puso a leer un periódico. Estaba yo sentado frente a él y pude ver en la contraportada una nota acerca de un violador muerto por la policía. Esto me abrió los ojos a una posible solución: la historia de la casa que había habitado la señora Moran durante los terribles hechos.

Durante los siguientes tres días buscamos en los archivos municipales y en los diarios locales y regionales, y hablamos con los vecinos y policías más viejos del lugar. Gracias a estas pesquisas logré enterarme de que, antes de ser ocupada por la familia Moran, la casa había permanecido vacía varios años, pues en ella aconteció una trágica historia protagonizada por un enfermo mental de apellido Smith, violador de sus hijas. Las autoridades habían recibido quejas sobre el comportamiento del sujeto, pero las menores y la madre se negaban a denunciarlo. Llegó el día, sin embargo, en que tras violar a la menor de las niñas y golpear salvajemente a la madre, los vecinos lo denunciaron. Cuando la policía se presentó, el violador se resistió al arresto, abrió fuego contra los agentes. Herido, y sabiéndose acorralado, Smith asesinó a su familia y se suicidó en el momento en que la autoridad entraba a la casa. Según los testigos, Smith se disparó a la sien al tiempo que soltaba una estruendosa carcajada.

Cabe la posibilidad de que tan violentas muertes hayan impregnado la casa y de alguna forma el fenómeno se haya reavivado. Lo comenté con el sicólogo Kraft, quien quedó muy impresionado por esta información. No pudo menos que felicitarme por mi apoyo en la investigación del ente y hasta la fecha seguimos en contacto.

Para concluir, un dato curioso. En Los Ángeles, si alguien quiere vender una casa, tiene que certificar que se encuentra libre de fenómenos paranormales, sobrenaturales o extraños.

Laboratorio

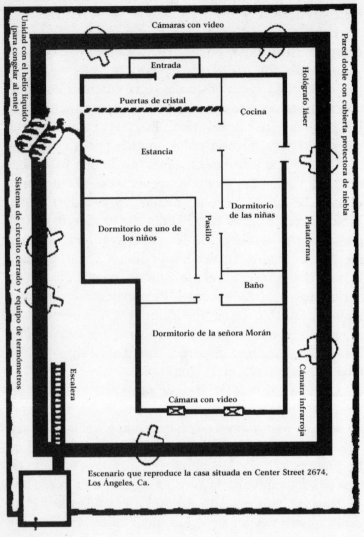

Cámaras con video

Unidad con el helio líquido (para congelar al ente)

Pared doble con cubierta protectora de niebla

Entrada

Puertas de cristal

Cocina

Hológrafo láser

Estancia

Sistema de circuito cerrado y equipo de termómetros

Dormitorio de las niñas

Dormitorio de uno de los niños

Pasillo

Plataforma

Baño

Dormitorio de la señora Morán

Cámara infrarroja

Escalera

Cámara con video

Escenario que reproduce la casa situada en Center Street 2674, Los Ángeles, Ca.

Sala de observación

Víctor Camacho, Carlos Trejo y Eugene Kraft.

Carlos Trejo en la casa del ente.

Actualmente la casa está abandonada.

¿Existen los fantasmas?

Los fantasmas, tema polémico y apasionante, existen en todo el mundo y sus historias encierran amor, tragedia, odio y desesperación. Y en cada casa habita uno.

En los diferentes programas de televisión en que me he presentado alrededor del mundo, la pregunta obligada es: ¿Existen los fantasmas? La respuesta es sí, y puedo asegurarte que nadie ha estado más cerca de un fenómeno paranormal que yo.

Las posibilidades de encontrar un verdadero fantasma son las siguientes. De cada cien casos que registramos en mis oficinas, casi el setenta por ciento corresponde a personas que quieren vivir con un fantasma. ¿Cómo —estarás pensando—, puede haber personas que quieren vivir con un fantasma? En efecto, y la causa es muy simple: la soledad. Cuando las personas se encuentran solas, su fantasía crea fantasmas simplemente para llamar la atención. El hecho de que se tenga edad avanzada no quiere decir que la imaginación se haya extinguido.

Un veinte por ciento más es resultado de fantasmas de tipo natural. Por ejemplo, en una ocasión se presentó con nosotros una persona desesperada, diciendo que en su domicilio espantaban. Explicó que en el segundo piso de la casa tocaban las ventanas del cuarto de los niños, en las escaleras se escuchaba claramente cómo subían y bajaban, el cajón de los cubiertos salía disparado cuando menos lo imaginaban y ocurrían otros fenómenos semejantes.

La suma de estos acontecimientos daba mucho en qué pensar y decidí investigarlos. Pero antes de que lograra comunicarme, la familia había contratado a una bruja, así que no podía entrar de lleno en una investigación hasta que la supuesta bruja hubiera concluido su trabajo. Ella afirmaba que el fantasma de un pirata habitaba la casa y cuidaba fielmente un tesoro enterrado en el jardín. Y este tesoro sólo podría ser desenterrado a las doce de la noche de un martes 13.

Pregunté a la familia cómo era posible que la bruja supiera esto, y como no tenían respuesta llamaron por teléfono a la bruja para que conversara conmigo. Muy segura de sí, la bruja me dijo que gracias a sus grandes poderes síquicos tenía contacto con los fantasmas. Después de escucharla tomé un detector de metales para inspeccionar el jardín y el aparato empezó a sonar en el lugar en que se suponía estaba el tesoro. El martes de la semana siguiente era 13, así que sólo hubo que esperar unos días y pedir a la bruja que estuviera presente para sacar el afamado tesoro.

Con autorización firmada de la familia y el inventario de cuanto había en la casa, para evitar malos entendidos, hicimos guardia día y noche vigilando que los fenómenos no fueran alterados.

Así llegó el martes 13, acompañado de una gran tormenta. Cuando cavábamos para desenterrar el tesoro la lluvia era intensa y los truenos y relámpagos eran perfectos para una película de terror. Aunque la hora era incómoda, era importante conservar la calma hasta el final.

La bruja, al ver que no encontrábamos nada, tocó la tierra y dijo que escarbáramos a la derecha. Como de nuevo nada hallamos, volvió a tocar la tierra y dijo que caváramos a la izquierda. Mientras, el agujero se iba haciendo cada vez más grande.

Después de un tiempo teníamos ya un agujero de dos metros de profundidad por tres de diámetro. La bruja aseguró que el fantasma estaba jalando el tesoro, y en ese momento exacto encontré lo que hacía sonar al detector: era la tubería de agua que alimentaba la vivienda. Entraba de la calle y cruzaba el patio y el jardín hasta la cisterna.

Todos nos quedamos mirando a la bruja, quien dijo que el fantasma del pirata había trasformado el tesoro en lodo. Y sin que nos diésemos cuenta, la bruja tomó sus cosas y se fue sin despedirse. Y por supuesto sin devolver el dinero que la familia le había pagado. En ese momento los niños bajaron aterrorizados diciendo que un fantasma estaba tocando a su ventana. Di instrucciones por los intercomunicadores y salimos corriendo, unos a la recámara y otros a la parte de atrás, para descubrir qué era lo que tocaba la ventana.

Al encender las luces observamos que el viento movía una rama del árbol del vecino, rama que había crecido algo más de lo normal y alcanzaba a tocar los vidrios. A través de las cortinas, la sombra ofrecía un aspecto aterrador. Cortamos la rama y el fenómeno sencillamente terminó.

Algunos de los fenómenos de la casa ya tenían explicación, pero me hacía falta investigar otros. Esa noche nos quedamos allí y, efectivamente, a esas horas las escaleras crujían como si alguien subiera por ellas.

Al día siguiente verifiqué en los videos las actividades de la familia. Gracias a ese material pude comprobar una de mis teorías. La sirvienta limpiaba las escaleras arrojando el agua de la cubeta sobre los escalones, el líquido se deslizaba en cascada y la madera se hinchaba al absorber el agua. Al paso de las horas el agua se evaporaba y, al volver la madera a su estado normal, emitía crujidos que hacían pensar que una persona subía o bajaba. Así que el fantasma de las escaleras también terminó.

Después revisé el cajón de los cubiertos. En esto no hubo dificultad. Resultó que, desgastada la base del mueble por el uso, y con el mueble desnivelado de tanto picar verduras, el cajón salía disparado. Así, a todos los fenómenos se les halló explicación.

Otro caso se presentó en la población de Texcoco. Fue el de una mecedora que se movía sola a las seis de la tarde. Todos decían que el difunto dueño de la mecedora se sentaba a esa hora a descansar, como normalmente lo había hecho durante sus últimos años de vida.

Esta investigación nos dio trabajo durante varios días. Hallar una razón lógica del movimiento de la mecedora fue muy difícil. Después de investigar casa por casa y habitación por habitación en siete calles a la redonda, sin dar con nada que pudiese justificar el movimiento de la mecedora, estuve a punto de considerarlo un fenómeno paranormal. Un día me detuve en una tienda a tomar un refresco y allí observé que el tren pasaba por ese lugar entre las 5:50 y las seis de la tarde, hora en que la mecedora se movía siempre, con diferencia de uno a dos minutos. Esto llamó mi atención, pues me pareció demasiada casualidad.

Mandé investigar las tuberías del subsuelo y encontré que uno de los tubos pasaba debajo de las vías del tren y continuaba hasta casi el punto exacto en que se hallaba la mecedora. Esto causaba, por tanto, las oscilaciones de la silla. El tren enviaba vibraciones mediante la tubería y ésta provocaba el movimiento de la mecedora.

En casos como los anteriores es posible encontrar una lógica que explique los fenómenos. Las familias tenían realmente un fantasma, pero de tipo natural o casual. Lo que sucede es que los problemas se complican si intervienen los brujos, curanderos o angeólogos.

Continuando con las estadísticas, un ocho por ciento de los casos, podemos atribuirlos a los fantasmas de tipo síquico. Hay muchos casos curiosos. Pongo un ejemplo.

¿Alguna vez han escuchado el clásico: "Se me subió el muerto"? Se trata de un momento terrible en que uno permanece inmóvil, y digamos que aparentemente conciente, sintiendo cómo alguien o algo está sobre nuestro cuerpo. Como no hay una razón lógica clara, gastamos miles de pesos tratando de que nos quiten el muerto de encima, viajando a lugares apartados para que nos practiquen un exorcismo. Imagínese, todo un *show* para que al final la explicación resulte muy sencilla.

Cuando nos retiramos a dormir, nuestro cerebro produce una sustancia cuya función es mantenernos acostados y tranquilos. Si la sustancia no es enviada en el momento preciso, y apenas estamos entrando al sueño sin estar dormidos, nuestro cuerpo se paraliza y vivimos la sensación espantosa de tener a una persona encima.

Hay cerebros que no mandan esta señal, y cuando la persona sueña que camina, se levanta y camina. A este tipo de personas se les llama sonámbulos

En otros casos, miramos a cierto lugar y vemos algo extraño. Normalmente esto le ocurre a las personas que manejan de noche y se encuentran cansadas. El cerebro conserva imágenes que no recordamos y, al sobrevenir el agotamiento físico, las libera, proyecta cosas que existen pero que no están en el lugar que miramos. Por ignorancia, muchas personas cuelgan objetos religiosos para protegerse de los espíritus o llaman a sus ángeles protectores.

En una ocasión tuve la oportunidad de ver a una "angeóloga" (hasta dónde hemos llegado: ¡una angeóloga!). Las angeólogas aseguran que hablan con los ángeles, y lo hacen de tal forma que la gente les cree y les paga sumas enormes para que hablen con su ángel protector.

Las angeólogas son el más claro ejemplo de personas de la mitomanía.

Estas y estos charlatanes estafan a la gente y en algunos casos la traumatizan. Impiden que pase por los sitios en que presuntamente se encuentran los malos espíritus, los mantienen en un estado permanente de delirio de persecución, tan grave que a un sicólogo le cuesta mucho trabajo corregirlo.

Hace un par de años llevé a cabo un experimento muy sencillo en un autobús de una línea conocida. El chofer, de nombre Javier, frecuentemente veía fantasmas en la carretera. Nos pusimos de acuerdo para que yo condujera el camión, mientras él descansaba en la parte trasera (su jornada era siempre nocturna). Al acercarnos al sitio de las apariciones, cambiamos de lugar y Javier, perfectamente descansado, no vio nada extraño. Llevamos a cabo el experimento durante varias semanas, con resultados excelentes.

Por último, volviendo a las estadísticas, el dos por ciento que resta lo constituyen casos muy extraños, como el de la familia Mora, que vivió en una casa de la colonia Narvarte, en la ciudad de México, hoy habitada por la familia Solís. La historia se remonta a finales de 1937.

Los actuales habitantes habían estado escuchado y sintiendo la presencia de alguien o algo que se desplazaba por la sala. Durante las reuniones familiares comentaban aquellas cosas extrañas, pero todos las tomaban a juego, pues físicamente no habían sido agredidos ni habían visto nada. Tuvieron que pasar varios meses para que ocurriera la primera manifestación, que le aconteció a uno de los hijos, Cristian. Con grado de estudios de licenciatura, Cristian llevaba una vida perfectamente normal, como gerente de una distribuidora de automóviles Chevrolet.

Una noche Cristian volvió a casa y metió el auto. En la sala, al dejar su saco sobre un sillón pudo observar las botas militares de una persona que salía de la cocina. Sorprendido, porque nadie de su familia usaba ese tipo de zapatos, lentamente alzó el rostro y vio un espectro. Cristian quedó congelado por el miedo. El fantasma le echó una última mirada y se perdió en las paredes de la cocina.

Pasaron varios segundos antes de que Cristian reaccionara y pidiera ayuda. Bajaron los demás miembros de la familia, les relató lo que había visto y todos se mostraron impresionados y nerviosos. En los días posteriores intentaron curar la casa, pero lo único que consiguieron fue que los estafaran. Cuando supieron de mí, por un amigo que me había visto en el programa de televisión "Primer impacto", se pusieron en contacto.

Al escucharlos no descarté la posibilidad de un fraude, pero envié a dos de mis investigadores, quienes consideraron que se trataba de un hecho auténtico. Así, pensé que lo mejor sería visitar la casa y disponer de una más perspectiva amplia de lo que pudiera estar ocurriendo.

El día siguiente me presenté con mi perro Ghost, un rottweiler entrenado para rastrear personas y cosas extrañas. Lo solté en el interior y empezó a olfatear las habitaciones. Más tarde, en el patio, comenzó a gruñir y a tirar dentelladas al aire, luego echó a correr aparentemente persiguiendo a una persona y al fin se detuvo en la sala y comenzó a rascar el piso.

A sabiendas de que era una locura, pedí permiso para excavar. Se hallaba la familia tan asustada que sin más me dijeron que sí. Después de una hora encontramos rastros de una edificación anterior, junto con varias vasijas rotas. Esto cambio mi forma de pensar. Lo que me había parecido un posible fraude, o el caso de un fantasma natural o casual, se convertía en algo serio.

Mientras reparaban el piso, mis dudas crecían. Pensé que, como Cristian había visto al fantasma, era de suma importancia someterlo a hipnosis para que me lo describiera.

Cuando se lo propuse se puso muy nervioso, pero aceptó. Esa misma noche lo hicimos, él puso todo de su parte y la hipnosis resultó. Lo situé en el momento en que entraba a su casa, le pedí que describiera con exactitud lo que vio tras cerrar la puerta y dejar su saco.

Empezó a decirme que desde su ingreso había tenido una sensación muy rara. Como había sentido el peso de una mirada extraña, se dio vuelta y vio unas botas estilo militar que caminaban por la sala con pasos muy lentos. Conforme levantaba la vista, apreció un uniforme militar con una cruz trazada en la chaqueta y una gorra militar con idéntico signo.

Con delicadeza le pedí que se acercara al espectro y tratara de congelar la imagen del rostro. Repitió que portaba una gorra militar con una cruz en lo alto, con el añadido de que el rostro reflejaba mucha tristeza y tenía puestas unas gafas semicirculares. De pronto Cristian comenzó a alterarse y preferí despertarlo y sembrarle la idea de que se trataba de un sueño, en el entendido de que en la mente tenía una imagen muy clara del fantasma.

Una vez despierto Cristian, pedí a mi secretaria que llamara al señor Caballero, el dibujante de mi equipo. La idea era que elaborara un retrato hablado. Cristian, calmado y tranquilo, comenzó la descripción, mientras el señor Caballero dibujaba lo que se le describía. Al cabo de una hora tenía en las manos un boceto de un fantasma de principios o mediados de siglo, posiblemente. Por el uniforme parecía empleado de algún hospital o, ¿por qué no?, de la Cruz Roja, así que mandé averiguar en qué época había sido utilizado aquel tipo de uniforme. Obtuve así un dato importante y al día siguiente envié gente al registro público de la propiedad para que investigara a quién había pertenecido el predio entre 1900 y 1960, pues el uniforme correspondía a ese periodo.

Luego de dos días recibí el informe. Decía que la casa pertenecía en 1900 a la familia Mora, que en 1960 la había vendido a la familia Méndez. A su vez, esta familia vendió la casa a la familia Solís en 1990.

Mandé localizar a la familia Mora. Los años en que habitó la casa podían corresponder a la época en que se utilizaba el uniforme descrito. La búsqueda no fue complicada, pues en los mismos registros hice rastrear las propiedades adquiridas de 1940 a la fecha. Sabía que los Mora por fuerza tenían que haber comprado otra propiedad para vivir en ella. Esperaba, eso sí, que no la hubieran adquirido en el interior de la república.

Días después localicé la nueva casa de la familia Mora en el pueblo de Tláhuac. Me presenté en ella y me abrió una señora. Sin entrar en detalles, le dije que era una persona interesada en la historia de la casa que habitaron los Mora en Narvarte. La mujer, de nombre Teresa Mora, amablemente me invitó a pasar y me platicó que su abuela había muerto unos años antes y su abuelo, don Jesús Mora, muchos años atrás.

Expliqué el motivo de mi visita más detalladamente y la señora me escuchó muy extrañada. Después de ver el retrato hablado, dijo que no podía darme más información y que era su padre, Antonio Mora, la persona indicada para decirme si el hombre del retrato era el abuelo o no. Hizo una llamada telefónica a la casa de su padre y, aunque el señor no se encontraba, me tranquilizó saber que vivía del otro lado de la ciudad. Demoré unos minutos en formalizar una cita y, a punto de despedirme, sonó el teléfono. Era el papá. Su hija le explicó a grandes rasgos el motivo de mi visita y luego me preguntó si era posible que cuanto antes fuéramos a casa de su padre.

Doña Teresa sacó su auto y, en compañía de uno de sus hijos, nos dirigimos a la otra casa. En el camino me fue platicando lo poco que sabía de su abuelo, quien en viejos tiempos había servido en la Cruz Roja. No dijo mucho más porque no deseaba distorsionar la historia, y agregó que su padre y su tío, hijos directos de don Jesús Mora, vivían juntos y ellos me contarían la historia. Lo único que me adelantó fue que el matrimonio Mora tuvo tres hijos, dos varones y una mujer que por entonces vivía en Ensenada, Baja California.

El padre y el tío de Teresa, Antonio y Felipe Mora, fueron muy amables. Nos presentamos y me platicaron la historia de sus padres, quienes, casados largo tiempo, fueron de verdad padres ejemplares. Don Jesús, el papá, era voluntario en la Cruz Roja y cierta mañana comentó a su esposa que saldría en una misión especial al pueblo de Maltrata, en Veracruz, de modo que partió sin imaginarse que no regresaría.

—Mucho tiempo pasó ausente —continuó el relato Antonio Mora—, y como en Maltrata había ocurrido una matanza, lo dimos por desaparecido. Mi madre y yo fuimos a buscarlo, sin resultados. Y con el tiempo mi mamá enfermó de tristeza.

"Durante muchos años sus hijos esperamos, confiados en que el día menos pensado llegaría a jugar con nosotros, pero papá nunca regresó. Los años siguientes fueron muy difíciles. Teníamos que hacer pequeños trabajos para cubrir los gastos y mi madre cosía y lavaba ajeno. Con muchos esfuerzos nos pudo dar estudios.

"Siendo ya adultos", siguió Antonio, "y al ver que mamá se consumía recordando a mi padre, tomamos la decisión de vender la casa y cambiar de vida, para dejar atrás el pasado. Vender la casa nos dolió mucho, pero era la única forma de mantener a mamá con vida unos años más. A veces salíamos de paseo y llegábamos a pensar que el recuerdo de mi padre ya no le resultaba tan doloroso, pero al escucharla llorar comprendíamos que seguía extrañándolo. Desde que mi padre se marchó, mi madre jamás ofendió su recuerdo, así hasta que dios la recogió el 6 de julio de 1976."

Después de escuchar la historia, y a mi vez relatar lo que estaba ocurriendo en la casa de Narvarte, mostré el retrato hablado. Los hermanos, al contemplarlo, exclamaron: "¡No puede ser!"

Sacaron después una caja de zapatos empolvada y amarrada con un lazo, y al abrirla hallamos varias fotos que mostraban a don Jesús Mora ataviado con el mismo uniforme militar que portaba en el retrato hablado. El parecido era asombroso.

Pregunté luego si la construcción era la misma, al tiempo que enseñaba algunas fotos actuales de la casa de Narvarte. Tras observarlas con detenimiento, aseguraron los hermanos que no todo era igual. Al parecer se habían hecho algunas remodelaciones, una de ellas en el lugar donde rompimos el piso.

La casa del pueblo de Tláhuac había sido comprada con el dinero de la casa anterior. La madre de familia en parte logró recuperar el gusto por la vida y hasta su muerte mantuvo vivo el recuerdo del marido. Tras su fallecimiento, cada uno de los hijos compró su propia casa y la de Tláhuac fue dividida para que la ocuparan los hijos de la siguiente generación, cuando se casaran.

Los datos recogidos me indicaron que debía investigar en la población de Maltrata. Hacia allá me dirigí y en ese lugar ubiqué los museos, bibliotecas y archivos. Durante dos días me dediqué a examinar documentos, tratando de aclarar qué había pasado con don Jesús. Entre los papeles y fotografías de una anciana conocida como Chayito, que el caprichoso destino hizo que ella guardara, hallé fotos que mostraban muerto a don Jesús Mora.

Jamás pasó por mi mente la posibilidad de que estuviese vivo, pues sabiendo del gran amor que le tenía a su pareja, entendí que sólo la muerte podía haberle impedido regresar.

En mis oficinas tenía varias llamadas pendientes, una de ellas de la familia Solís. Se encontraban muy preocupados porque los fenómenos iban en aumento.

Había elaborado yo una teoría. Fui a hablar con los hermanos Mora y les pedí que fuéramos a la casa de los Solís. Aunque pareciera cosa estúpida, deseaba lograr que, con el señuelo de los hijos, el espíritu del padre se presentara. Antonio y Felipe se negaron y los entendí. No deseaban enfrentarse al pasado y yo no podía obligarlos. Les pedí que lo pensaran. Sus razones eran válidas, pero las evidencias y mis teorías indicaban que la energía de don Jesús impregnaba la casa y era posible que sólo nos llevara unos minutos ayudarlo.

Tras varios días de espera, una noche se comunicaron conmigo. Dijo Felipe Mora que nada tenían que perder y, si de verdad su padre se encontraba en ese lugar, qué mejor que tratar de ayudarlo. Habían platicado con su hermana Sonia y quedamos en vernos en casa de los Solís la mañana del siguiente sábado.

En seguida me comuniqué con Cristian para informarle y a la vez hacerle saber que ellos, los Solís, no podrían estar presentes. No deseaba yo que se conocieran, pues si posteriormente surgía una relación de amistad entre ellos, eso podría perjudicar la investigación, y lo que había planeado para alejar el fenómeno, por el contrario, lo arraigaría.

La mañana del sábado, coloqué a la gente de mi equipo en las diferentes habitaciones. Yo me dedicaría sencillamente a observar los fenómenos que pudieran ocurrir. A poco se presentaron Antonio y Felipe Mora y al entrar a la casa fue evidente la tristeza que les produjo el recuerdo de su padre. Uno de ellos, Antonio creo, al ver la jardinera dijo que su padre la había construido porque a su mamá le gustaban las flores. Entraron a la sala donde, estoy seguro, muchos recuerdos acosaron sus mentes. En ese momento tocaron a la puerta. Se trataba de la persona que esperábamos, su hermana Sonia, que había viajado desde Ensenada. Entró y, luego de escuchar la historia completa y las indicaciones, tomó las manos de sus hermanos y dijo:

—Papá, aquí estamos, somos sus hijos. ¿Nos recuerda, papá?

Otro de los hermanos empezó también a llamarlo:

—¡Papá, aquí estamos!

No vi nada, pero el cambio en la temperatura fue notorio. Había colocado termómetros en las habitaciones y pude comprobar que la temperatura bajó de 20 a 15 grados en cuestión de segundos. Mis perros empezaron a gruñir. Sonia dijo que había sentido cómo le besaban la frente. La emoción era grande. No se observaba nada, pero podía percibirse algo extraño. Otro de los hermanos musitó:

—Papá, usted ya no pertenece a este mundo. Mi mamá sufrió mucho su ausencia. Mamá lo esperó hasta el fin y ahora se encuentra donde usted se halla. ¡Búsquela! Vaya a buscarla y deje en paz a esta gente que no es su familia. Vaya buscar a mamá, por favor.

Pude percibir un aire que entró a la sala y en seguida la abandonó. Uno de mis perros salió gruñendo en persecución de alguien o algo. Los hermanos se hallaban muy emocionados. Uno dijo que lo había visto, otro que el fantasma lo había tocado y la hermana confirmó la percepción de que la besaban.

Al terminar hablé por teléfono con alguien de la familia Solís, quien me dijo que no tardaría en llegar. Decidí que era hora de que los Mora retornaran a sus hogares, pero Sonia sugirió a sus hermanos que fueran a visitar la tumba de su madre. Me permitieron acompañarlos al panteón de Dolores, pero allá preferí permanecer en la camioneta. Era un momento íntimo, exclusivo de ellos.

Días después me comunique con los Solís para preguntar si los fenómenos continuaban. Dijeron que no se habían repetido. Pregunté por Cristian y me informaron que no estaba.

Como disponía de tiempo antes de iniciar otra investigación, acudí a visitar la tumba de la madre de los Mora, que hasta ese momento no conocía. Al acercarme a la cripta me sorprendió encontrar a Cristian allí. Inquieto, me preguntó si realmente él había tenido contacto con un fantasma. Repuse que las posibilidades eran muy altas. Inquirió entonces por qué me dedicaba a cazar fantasmas.

Todo aquello quedó profundamente grabado en la mente de Cristian y le despertó el espíritu de aventura. Tanto, que hasta la fecha es uno de mis investigadores.

Al alejarme de la tumba de la señora Mora, tuve la completa seguridad de que un gran amor se había concretado en el más allá.

El cadáver de Jesús Mora, arriba.

Jesús Mora, extremo inferior derecho.

Retrato hablado del señor Mora.

Boda de Jesús Mora. Fotografía proporcionada por la familia.

Los fantasmas de los famosos

En las más diversas partes del mundo he realizado mis investigaciones, con la oportunidad de conocer personas y lugares que me han dejado buenas y malas experiencias. En esta investigación estuve cerca de una gran persona y, sobre todo, un gran ser humano. Se trata de Marielena Leal, hija de la notable cantante de ranchero Lola Beltrán, a la que muchas veces vi en sus facetas de corresponsal y cantante, pero nunca imaginé que me involucraría en una investigación relacionada con ella. Se habían detectado en su casa diversos fenómenos y, gracias a Marielena, tuve la oportunidad de acercarme a ellos.

En el mes de julio del 2000, después de presentarme en el programa de televisión "Hoy", de Televisa, para conversar sobre fantasmas y ciertos casos con los conductores Alfredo Adame y Andrea Legarreta, recibí una llamada de la hija de Lola Beltrán, que me pedía acudiera a su domicilio para tener una plática conmigo, pues en su casa estaban ocurriendo sucesos extraños y se encontraba muy espantada. Formalizamos una cita para el domingo siguiente y ese día, muy temprano, fui a verla. Don Pepe, la persona encargada de la seguridad, me recibió con gran cordialidad, sobre todo porque confiaban en mí para recuperar la tranquilidad que les había sido arrebatada meses atrás.

Pasamos a la sala y Pepe me comentó que se encontraban muy desconcertados, pues las personas que visitaban la casa, con frecuencia presenciaban fenómenos paranormales. Marielena Leal había sufrido, apenas unos días atrás, una extraña agresión a la que no se le pudo encontrar explicación lógica. Durante una reunión de artistas, se comenzaron a escuchar pasos en la planta alta, acompañados de fuertes azotones de puertas. Marielena mandó a Pepe a inspeccionar todo, hasta el último rincón, y como Pepe, tras revisar minuciosamente cada uno de los cuartos de las tres plantas no halló nada raro, se pensó que sería un eco que provenía de las casas contiguas. Minutos después de nuevo se escucharon ruidos en el segundo piso, algo como un arrastrar de muebles. Marielena se levantó muy asustada y quiso ir a ver a sus hijos, que dormían arriba. Intentó subir las escaleras y apenas había ascendido unos escalones cuando claramente sintió que algo que no podía ver, pero que poseía una gran fuerza, no le permitía subir y en algún momento la empujó con intención de lastimarla. El grito de Marielena provocó que los presentes acudieran a ver qué sucedía. Ella, muy angustiada, no pudo dar explicación alguna. Comentó lo que le había pasado y, claro, como hay muchos prejuicios en torno a lo que puede suceder en una casa embrujada, difícilmente le creyeron. Sin embargo, en el transcurso de los siguientes días los sucesos extraños se hicieron más frecuentes. Misteriosamente, una repugnante pestilencia invadió la casa e inexplicables sombras empezaron a hostigar a la familia. La servidumbre, en tanto, comenzó a rezar por las noches y dormía con las luces encendidas.

Uno de tantos días se hallaba Pepe descansando en la oficina, recostado en un sofá, cuando claramente vio una sombra que entraba a la habitación y se detenía frente a él. No daba crédito a lo que sus ojos veían y lo primero que hizo fue empuñar su arma, pensando con toda lógica que se trataba de un ratero. Se puso de pie para defenderse del supuesto agresor y de pronto la visión desapareció ante sus asombrados ojos. Al regresar Marielena de una presentación en el extranjero, Pepe habló con ella y, apoyándose en las opiniones de personas de confianza, tomaron la decisión de llamar a supuestos expertos en la materia.

Se acercaron a diferentes charlatanes para pedir consejo y ayuda y, ¡claro!, no faltaron farsantes que aceptaban el caso y simulaban trabajos para acabar con la serie de fenómenos extraños de la casa. Realizaban supuestas operaciones de curación y se retiraban tras cobrar buenas gratificaciones. Para mí, nada de esto era nuevo y no me extrañó que ocurriese, pues cuando se sabe de casas embrujadas, los charlatanes aparecen con intención de estafar a los propietarios. Tales personas supuestamente expulsan a los muertos y aun se comunican con ellos, pero si llegan a presenciar un fenómeno real, es común verlas salir corriendo.

Reunidos en la sala de la casa, escuché a Marielena y a su familia. Luego, dejé claro que las investigaciones que realizamos son gratuitas, pagadas en su totalidad por mí, y si me daban autorización para investigar, quien debía estar agradecido era yo. Pedí que me permitieran examinar los planos y el material de construcción de la casa, pues primero tendría que descartar toda posibilidad lógica y luego ir en busca de una explicación paranormal y, llegado el caso, trazar una estrategia para erradicar el fantasma de la propiedad.

En los días siguientes observé que la casa se encontraba asentada en un terreno rocoso, sin posibilidades de que existiera alguna gruta o cueva debajo. Estudié después la madera que forma parte de la decoración y advertí que no era lo suficientemente ruidosa como para provocar el tipo de sonidos que, según me habían dicho, se escuchaban en la propiedad. En el jardín había una cerca electrificada con los cables y las bases que los sujetaban en perfecto orden, por lo que descarté también la posibilidad de que algún cable hiciera tierra con algún muro y de ese modo, en caso de que lloviera, pudiera provocar una descarga que diera como resultado una luz intensa que semejase cierto tipo de fantasma.

Tras examinar minuciosamente los datos materiales y desechar cualquier explicación científica, tuve que desplazarme a otro plano para buscar una explicación paranormal. Así que pedí permiso para quedarme en la casa e investigar a profundidad el fenómeno.

El viernes siguiente preparé todo mi equipo: cámaras de video, grabadoras, antenas y detectores de campo electromagnético. Dispuesto a no retirarme hasta no constatar el fenómeno, a las siete de la noche me instalé en la que había sido la casa de Lola Beltrán.

Comenzamos a preparar el equipo y Pepe, al vernos a todos vestidos iguales, con ropa de color negro, me preguntó a qué se debía la vestimenta. La explicación es muy simple: cualquier cosa que observemos o grabemos que sea de color negro, en buena lógica debe tener que ver con alguien del personal, y por tanto se descarta para evitar falsos fantasmas.

Montamos todo y ordené colocar un rayo láser que atravesara toda la casa y que fuera manipulado con espejos, de modo que desde cualquier ubicación rebotara hacia el estudio donde habíamos situado nuestro centro de operaciones. En caso de que el rayo se cortara, la explicación sería que algo extraño causaba el corte. Posteriormente mandé colocar un estrobo de luz roja repetitiva, luz muy parecida a la que se utiliza en las discotecas y que presta a los movimientos la apariencia de lentitud. Las cámaras de video fueron colocadas estratégicamente para grabar cualquier cosa que ocurriera en la casa. Empezó a caer la noche, las luces fueron apagadas y nosotros nos hallábamos listos y preparados para lo que pudiera presentarse.

Gran parte de la noche transcurrió en calma. De hecho, nos entreteníamos recordando a Lola Beltrán, en esa casa que conservaba abundantes testimonios de la señora de la canción. De pronto notamos que el rayo láser empezaba a fallar. Pensamos que se trataba de un espejo que se había caído y ordené a los muchachos que examinaran los lugares donde los habíamos colocado. Encendieron las luces y entraron a la recámara de los huéspedes, donde había una mecedora, y en el momento de retirarse de la habitación vieron claramente cómo la mecedora se bamboleaba sola, sin que hubiera explicación, pues nadie la había tocado y no había animales en la casa, las ventanas estaban cerradas y no existía corriente alguna que pudiese mover el mueble. Todo esto, por fortuna, fue grabado por nuestras cámaras.

En cuanto me avisaron subí al cuarto y, en el preciso momento en que entré, una de las cámaras captó una sombra bien definida que cruzaba otra de las habitaciones. Fui a revisar el video con intención de determinar que podía haber ocurrido. Revisé una y otra vez la toma y, efectivamente, una sombra oscura, aparentemente sin cabeza, flotaba en la habitación y a poco se perdía en una de las paredes. Decidí verificar si el fenómeno no había sido provocado por una cortina o cualquier otro objeto. Como todo estaba en su lugar y nada había que pudiera semejar la sombra que tenía grabada, nos retiramos para examinar las escaleras y ver si en ellas existía algo que pudiera provocar el fenómeno. Y en ese momento la puerta de la recámara se cerró sin explicación. Así que la abrí, entré al lugar y dije con voz clara y fuerte:

—Si estás aquí, te reto a que te presentes. Y no voy a retirarme hasta que nos veamos cara a cara.

Mandé que todo el material, el equipo técnico y el personal se ubicaran en la parte de arriba. Pepe y yo comentábamos lo de la sombra, cuando un perfil desfigurado bajó las escaleras y se perdió en un muro de la cocina. La aparición duró un instante, lo suficiente para que Pepe y yo lográramos percibirla, al grado de que volteamos a vernos y preguntamos al mismo tiempo:

—¿Lo viste?

Ya no era necesario el equipo para demostrarme que existía un fenómeno paranormal que correspondía a un ente que habitaba entre los muros de la casa. Por tanto decidí apagar las luces y, de plano, desconectar la corriente eléctrica, para lanzar al ente el reto de que se manifestara. Durante toda la noche el ente se dedicó a encender y apagar la luz de uno y otro cuarto, de forma que parecía jugar con nosotros. Comenté entonces con Pepe que no estaría mal utilizar de nueva cuenta la curación azteca que se realizó en Cañitas. Tal curación consiste en quemar en un anafre chiles y otros elementos que él debía darme, y ya veríamos si daba resultado. Obtuvimos la autorización de Marielena y empezamos la cura azteca. El anafre al rojo vivo desprendía una peste enorme, como junto con las venas de chile se puso a quemar ropa de cada uno de los que vivían en la casa, el olor era apenas tolerable y creaba una atmósfera aterradora, fuerte y negativa. Pero todo transcurría con calma.

Pepe comentó que un día antes, luego de la investigación preliminar que habíamos efectuado, el fenómeno había tomado más fuerza. En un momento en que Pepe se encontraba descansando en el sofá del estudio, el ente había vuelto a aparecer frente a sus ojos, y era de tanta fuerza que Pepe no lograba moverse, pero sí pudo preguntar al fantasma qué quería, ya que notó cierta tristeza en el rostro de la figura que lo observaba. Quedó tan impresionado que decidió no comentarle nada a Marielena para evitar ponerla más nerviosa de lo que ya estaba. Después, una de las muchachas de la servidumbre sufrió una impresión tan fuerte como la de Pepe, y quizá más fuerte. Una noche, sin explicación aparente, su cama había vibrado con gran violencia. Se lo comentó a Marielena y ésta quedó aún más espantada.

Decidí terminar la cura de la casa y, durante el desarrollo de la curación, conforme recorríamos la casa con el anafre, empezaron a darse diversos fenómenos que fueron disminuyendo hacia el final de la cura. Cuando nos disponíamos a limpiar el anafre, vimos claramente cómo una cara se encontraba dibujada en el carbón y esta era el mismo rostro que Pepe y yo habíamos visto la noche anterior.

Minutos después hice ventilar la casa y nos retiramos para analizar el material fílmico y fotográfico que obtuvimos durante la investigación. Los días siguientes revisamos el material escena por escena, cuadro por cuadro, y pudimos disponer de imágenes de las sombras, que se sumaron al rostro dibujado en el anafre. Pepe, al ver el rostro, comentó que era muy semejante al del ex marido de Marielena, quien había desaparecido al producirse problemas entre ellos.

Más tarde pedí información a Marielena y me dijo que su ex marido practicaba santería y cuando estaba embarazada la había llevado a un ritual. Vinieron luego los problemas y tomaron la decisión de separar sus vidas, y en los últimos tiempos no había sabido nada de él. Por último pedí a Marielena que me tuviera informado de cualquier cosa que pasara. Durante varias semanas estuvimos en contacto y en ese lapso los fenómenos perdieron intensidad. Mi última recomendación fue que hiciera cambiar los focos de la casa por luz de halógeno con sensores de movimiento, y con esto los fenómenos disminuyeron casi cien por ciento.

Extiendo mi agradecimiento a Marielena Leal por su apoyo a este trabajo y la confianza que depositó en mí. En cuanto a todo lo que se investigó y se grabó, por razones personales no publico más de lo que me fue autorizado.

¡Muchas gracias, Marielena!

Desplegamos el equipo de rayo láser y monitoreo por toda la casa.

Rostro dibujado en el carbón del anafre.

La casa del alcohólico

He realizado muchas investigaciones de diferentes géneros y casos, pero la casa del alcohólico me hizo ver que efectivamente existe alguien superior a nosotros. Alguien que cuando morimos puede castigarnos y dejarnos penando en el sitio donde hicimos mas daño.

En la colonia Anáhuac de la ciudad de México se dio el caso de una madre y su hija, llamadas Diana y Laura respectivamente, que llegaron a vivir a un departamento en un edificio casi en ruinas, cuya renta era muy económica y se ajustaba a sus necesidades. El departamento constaba de una recámara y su estancia, y en ella vivieron tranquilamente un tiempo.

Pero una noche algo llamó su atención. Desde la estancia llegaron ruidos de vasos y copas, acompañados de música de piano. En la realidad no era posible, ya que en la casa se hallaban únicamente Laura y su madre, de modo que se levantaron y se dirigieron a la estancia. El ruido cesó y, pensando que se trataba de algo natural, madre e hija regresaron a dormir. Días después se repitieron los ruidos y paulatinamente tal situación se hizo frecuente.

Cierta vez Laura desayunaba cuando vio cómo un vaso, sin motivo aparente, se movía de lado a lado de la mesa. Se espantó tanto que le gritó a su mamá, quien estaba en la cocina. Diana, corrió a ver qué ocurría y alcanzó a ver el movimiento del vaso. Quedó perpleja.

Pasado un buen rato se afanaron buscando una explicación lógica a lo que había ocurrido y no la encontraron.

Los extraños acontecimientos fueron en aumento y una vez Diana y Laura escucharon que alguien subía las escaleras con pasos lentos y cansados. Los fenómenos empezaban a presentarse.

Pensando en algo fuera de lo normal, se les hizo fácil pedir al cura de la iglesia cercana que fuera a bendecir el departamento. Como suele suceder, el sacerdote no les creyó, pero en razón de sus obligaciones religiosas dijo que estaría con ellas esa misma tarde.

Horas después se presentó a bendecir la casa. Dispuso los elementos y comenzó a rezar por las ánimas perdidas que se encontraban en el departamento. Durante la bendición la casa no presentó alteración alguna y Diana y Laura quedaron tranquilas. Al caer la noche decidieron irse a dormir y como a las tres de la mañana Laura se levantó al baño. Saliendo de la recámara vio a un hombre con una botella en la mano que se dirigía a un rincón de la casa, donde al parecer se sentó en un banco que no existía y comenzó a tocar un piano que no estaba ahí. Naturalmente, Laura echó a llorar y le gritó a su madre. Diana se levantó espantada, pues lejos estaba de saber lo que ocurría. Llena de angustia se reunió con su hija y comenzó a interrogarla. Laura dijo que lo que había contemplado era difícil de creer.

La casa había recuperado la calma y allí no parecía haber nadie más que ellas. Revisaron detenidamente el departamento sin encontrar nada, así que decidieron irse a descansar. Sin embargo no lograron dormir, se mantuvieron en vela toda la noche.

La mañana siguiente se dedicaron a lavar. Mientras tallaban la ropa, las vecinas les comenzaron a hacer plática. Una de ellas, curiosamente, les preguntó si en el departamento en que vivían espantaban y afirmó que había escuchado cosas extrañas. Otra comentó que su perrito aullaba por las noches. Y de manera semejante las demás empezaron a hablar de sus experiencias en el edificio. Preguntó Diana si de verdad creían que allí espantaban y en seguida comentó lo ocurrido la noche anterior. Todas se asustaron, pues nunca habían sabido de algo tan terrible en el edificio. Laura les comunicó que esa madrugada había visto a un fantasma con una botella en la mano, que aparentemente tocaba el piano.

Esto dejó atónitas a las demás, pues en repetidas ocasiones las personas que vivían en el lugar, así como sus visitas, habían escuchado el célebre sonido del piano. Todas coincidieron en que algo extraño rodeaba el edificio.

La vecina del siete contó que en el departamento habitado por Diana y Laura, años atrás había vivido un alcohólico, hombre nefasto llamado Víctor Ávila que, según sabía, en el transcurso de su vida causó gran dolor a sus familiares y amigos.

Muchas historias se contaban sobre la vida del borracho, y una de las más notables aseguraba que mediante malas mañas se había apoderado de ese edificio —que legalmente pertenecía a sus sobrinos— y había muerto cinco años atrás, a causa del alcoholismo, en el hospital de la Raza del IMSS. Laura se quedó pensando que podía ser una coincidencia.

Esa misma noche, cerca de las tres, Diana y Laura despertaron al escuchar pasos que subían las escaleras hacia su departamento. Diana tomó un palo de escoba para protegerse de un posible agresor o de cualquier persona que se atreviese a entrar a la casa. Y al asomarse madre e hija por la ventana observaron con sorpresa cómo un tipo robusto atravesaba la puerta y entraba a la sala. Diana y Laura quedaron perplejas, pero se dieron cuenta de que el hombre se les quedaba viendo y luego se perdía en las paredes del lugar, segundos después inició la música del piano que no existía. Aterradas, las mujeres abandonaron la casa y corrieron a buscar refugio en el departamento siete, con Juanita, la vecina que había comentado lo del alcohólico.

Juanita abrió la puerta, extrañada de que la despertaran a esa hora de la madrugada. Les permitió entrar y les preguntó qué pasaba. Laura y su madre mencionaron que habían visto un fantasma, y tenían tanto miedo que no deseaban volver a su departamento. Juanita trató de calmarlas y, tras escucharlas un par de horas, las invitó a descansar en su casa. A la mañana siguiente buscaron otra vez al sacerdote para pedir ayuda y una explicación. El padre les dijo que ya había bendecido la casa y podían vivir tranquilas, pero ellas sabían que eso no había solucionado nada.

Por la tarde volvieron a su departamento, pero ya no lo veían como una casa normal. Habían pagado la renta y los depósitos y se quedaron sin dinero, así que no les era posible rentar en otro sitio; no les quedaba otra más que continuar en esa casa. A medio día, Juanita acudió a visitarlas y las encontró todavía muy alteradas.

—¿Cuánto tiempo hace que esa persona vivió en el departamento? —preguntó Diana a Juanita. Ésta respondió que el hombre tenía cinco años de muerto. Pese a que la renta era económica, el departamento no había podido ser rentado hasta que llegaron madre e hija.

Juanita tenía muchos años viviendo en ese lugar, más de veinte. Como conoció muy de cerca a Víctor Ávila, le preguntaron cómo había sido en vida. Respondió Juanita que era un mujeriego y engañaba a su esposa con cualquier mujer; la había lastimado sicológica y moralmente, del mismo modo que a toda su familia, y al final de su vida todos lo abandonaron.

En el preciso momento en que Juanita hablaba de Víctor Ávila, las luces del departamento se apagaron y el estéreo se encendió a todo volumen y tocó música de jazz. Muy asustada, Juanita se persignó y dijo a las espantadas mujeres que sin duda era el espíritu del alcohólico, a quien le gustaba esa música.

Sin perder tiempo se comunicaron con los dueños del edificio para cancelar el contrato de arrendamiento y obtener el dinero del depósito, pues ya no querían seguir viviendo allí. La familia del alcohólico les dijo que si deseaban irse de la vivienda era por voluntad propia y por tanto no habría devolución. Diana y su hija no sabían qué hacer. Inútilmente recurrieron a las autoridades, que confirmaron que podían desocupar el departamento, pero no recuperarían el depósito. Sin haber encontrado una solución, regresaron a la casa que por desgracia habían rentado.

Juanita les dijo que existía una persona que se dedicaba a investigar esas cosas, que buscaran a Carlos Trejo, quien podría darle solución al conflicto. Sin pensarlo más se comunicaron conmigo y me pidieron que tomara el caso. Las escuché y me pareció que el asunto llenaba los requisitos.

Me di cuenta de que se registraban eventos paranormales muy fuertes y tomé la investigación. En seguida alisté todo el equipo técnico y reuní a los elementos humanos necesarios para empezar la investigación que bauticé como "La casa del alcohólico".

En cuanto llegué al lugar pude apreciar un edificio sumamente maltratado por el tiempo, que se negaba a morir. El diseño de la entrada era de los años cincuenta, con un portón de hierro forjado casi inservible. Entrando, había un patio sucio y descuidado, con lavaderos muy deteriorados y mecates que cruzaban el espacio repleto de ropa recién lavada. Las escaleras se veían muy estropeadas. Decidí iniciar la investigación revisando todos los departamentos cuidadosamente.

Entré primero al departamento en que se presentaban los fenómenos paranormales. Contaba con una estancia amplia, una recámara mediana y una pequeña cocina. Mientras inspeccionaba, Diana y Laura me platicaron lo que habían vivido en ese lugar. Me dijeron también lo que conocían del edificio por Juanita, que en ese momento se encontraba lavando ropa. Pedí entonces a Laura que me dijera lo que sabían del antiguo ocupante —el alcohólico—, a fin de tener mas elementos para la investigación.

Al enterarse Juanita de que yo estaba allí, subió a platicarme lo que sabía. En efecto, ella también había vivido situaciones fuera de lo normal. Diana y su hija interrumpieron para decirme lo último que les había ocurrido y el miedo que sentían de vivir allí. Nos sorprendió mucho que, al estar hablando del fenómeno, la puerta de la recámara, sin nada que lo justificara, se azotó muy fuerte. Este hecho me motivó todavía más a emprender la investigación.

Los primeros días transcurrieron en calma. De hecho, pensé que el fenómeno se alejaba de mí, cosa muy común. Pasamos dos noches en calma, pero la tercera, cuando me encontraba cenando con los muchachos de la investigación, a eso de las cuatro de la mañana, José Luis detectó una leve baja de temperatura, por lo que alerté a todos y les pedí que tuvieran cuidado. Rodrigo, por su parte, preparaba el equipo de cómputo a fin de detectar cualquier cosa que ocurriera. Cuando todo parecía volver a la normalidad, sin explicación alguna de nuevo bajó drásticamente la temperatura. Unos pasos cansados se empezaron a escuchar en las escaleras, por lo que mediante el intercomunicador entré en contacto con Alberto, que se encontraba en el patio, para que me dijera qué o quién subía en ese momento. Los monitores que teníamos en toda la casa informaban que Alberto estaba en la escalera, equipado con micrófonos muy sensibles, escuchando el ruido de los pasos, pero no veía que subiera nadie. Abrimos entonces la puerta que da a la escalera y, efectivamente, no había nada. Los pasos se apagaron, pero durante unos segundos notamos una sombra blanca, semejante a la niebla, que flotaba en las escaleras y ante nuestros ojos desapareció sin explicación alguna. Después revisé el audio, que había grabado los pasos de una supuesta persona que subía. Esto me sorprendió, pero tenía que saber si la neblina blanca estaba efectivamente en el video. Podría ser un ectoplasma, así que mandé inspeccionar el material de las escaleras para descartar todo elemento lógico que pudiera crear el efecto de los ruidos y la niebla. El resultado fue negativo, no había ningún elemento que provocara el fenómeno y descarté toda explicación lógica. Esto me llevaba a una investigación paranormal auténtica.

La noche siguiente, a eso de las tres, el sonido de un piano nos inquietó y logramos grabarlo en nuestras cintas de audio. Madre e hija, aunque apoyadas por nosotros, no dejaban de preocuparse, con toda razón, pues a los fantasmas del departamento no parecía importarles nuestra presencia. Como no estaba dispuesto a retirarme sin saber qué pasaba, continué la investigación a lo largo de varios días, hasta que la señora Diana me pidió autorización para llevar al sacerdote a bendecir una vez más su casa. Me pareció natural, debido a su punto de fe, y excelente para grabar cuanto ocurriera durante la bendición.

Al día siguiente coloqué a los muchachos de manera que cubrieran los cuartos de todo el edificio. Nosotros estábamos en comunicación por radio. Cuando el cura empezó a rezar, en el departamento de Diana y Laura empezaron a temblar uno de los cuadros y un Cristo. Después se me informó que las llamas de dos veladoras colocadas en la estancia de Juanita crecieron, elevándose más de 30 centímetros. Luego, el cura se retiró.

Todo lo que pasó quedó registrado y bien documentado. Al revisar el video me di cuenta de que una sombra blanca cubría una parte de la estancia del departamento de las apariciones; sin embargo, en su momento nadie se percató de ella. Para nosotros era claro que esa neblina casi imperceptible era la evidencia de que en ese lugar había algún tipo de presencia. En ese momento Rodrigo me indicó que la viera de lado. La imagen fue congelada para observarla con calma y, al verla de lado, me llevé una gran sorpresa: observé una silueta humana, de una persona obesa con una aparente botella en la mano. Al examinarla con cuidado noté que la imagen flotaba en la habitación.

El caso me tenía confundido. Cada una de la investigaciones que había realizado era diferente, sin embargo esta presentaba características singulares. Había algo raro en ella, una extraña sensación que me confundía. Sabía que un ente penaba dentro de esa casa y en mí existían sentimientos encontrados, pues no deseaba ayudarlo a desprenderse de su carga.

Durante varias noches no se presentó el fenómeno paranormal, pero uno de esos días, mientras preparábamos el desayuno, Laura se acercó y nos dijo que había soñado con un hombre que suplicaba perdón, pues deseaba descansar en paz. Me pareció un simple sueño, sin embargo no quise dejarlo pasar, así que le pedí a Laura que describiera físicamente a la persona con la que había soñado. Me dijo que se trataba de un hombre corpulento, con una estatura aproximada de 1.75 metros. Le ordené a Rodrigo que revisara la sombra blanca que teníamos en video y me diera un aproximado de la estatura y físico de la imagen. A Rodrigo le tomó varias horas de trabajo conseguir los datos de la imagen, los cuales coincidieron con los proporcionados por Laura.

Laura agregó que en el sueño el hombre le dijo que la única forma de ayudarlo, era que su familia lo perdonara. ¿Perdonarlo? ¿De qué? No lograba entenderlo, de modo que hablé nuevamente con Juanita, pensando que las cosas estaban apunto de aclararse.

Dijo Juanita que durante toda su vida Víctor Ávila había sido un canalla que causó mucho daño a sus familiares y a sus amigos cercanos. Lo más relevante era el despojo de la herencia, parte de la cual era ese edificio, a sus sobrinos, quienes quedaron en el abandono luego de que su madre murió en un accidente automovilístico. Víctor se apropió de la herencia, que despilfarró en parrandas y amantes. Cuando se quedó sin dinero echó a los sobrinos a la calle. Esta era sólo la punta de una enorme pirámide de maldad construida en muchos años.

Por lo que me di cuenta, el alcohólico era un verdadero enfermo mental. Juanita me comentó también que el día en que Víctor murió, la familia entera, incluidos sus hijos, dieron gracias a dios por haberlo quitado de su camino. Esto era lo que Juanita podía aportar; lo demás tendría que averiguarlo con la esposa y los hijos de Víctor Ávila.

Sin pensarlo mucho me presenté en la casa de la señora María Elena, viuda de Víctor Ávila, para averiguar un poco más. Muy amable me invitó a pasar y cuando conoció el motivo de mi visita no se sorprendió. Me dijo, con gran seguridad, que eso y más se merecía Víctor por todo el mal que había sembrado. Le pregunté si sabía en qué departamento se intensificaban los fenómenos paranormales y respondió que al parecer era en el departamento que para su esposo fue un centro de vicio en el que organizaba parrandas y llevaba a sus amiguitas. Como durante muchos años el espíritu de su esposo no la había dejado tranquila, trató de buscar solución con diferentes personas, entre ellas un matrimonio de franceses que, según ellos, hablaban con su hija muerta mediante un teléfono celular y una computadora, utilizando una técnica conocida como transcomunicación instrumental.

Ya sabía yo de la existencia de esta clase de charlatanes y le expliqué a la señora María Elena que era imposible usar este tipo de técnicas. No porque negara la comunicación con el más allá, sino por el simple hecho de que no se puede marcar y obtener comunicación, y menos con preguntas y respuestas coherentes, con personas ya fallecidas, como si se tratara de una plática entre amigos; de ser así, díganme en qué computadora puedo interactuar con Albert Einstein o en qué celular puedo platicar con Aristóteles o Hitler. De esa forma ya habríamos entablado comunicación con los grandes cerebros mundiales y resolveríamos problemas globales. Es imposible. Imaginen cuántas personas en el mundo contamos con un celular o una computadora. Después de esta explicación, la señora María Elena confirmó mi teoría al referir la mala experiencia que tuvo con los franceses que enseñan la transcomunicación instrumental, ya que sólo lucraron con el dolor ajeno y jamás logró comunicarse con su marido. La supuesta comunicación con los muertos había dejado a los franceses en excelente posición económica, pues no sólo la estafaron a ella, sino a mucha gente. Durante meses, los falsos investigadores la llevaron a la residencia de ellos, con el engaño de que allí le enseñarían a comunicarse con los muertos. En ese lugar María Elena pudo darse cuenta del gran lujo con que los franceses vivían y la enorme cantidad de personas que creía en ellos.

Al regresar al objeto principal de mi visita, le pregunté si sabía lo que estaban pasando sus inquilinas debido a los fenómenos paranormales. Ella, sin extrañeza, dijo que no le parecía raro que su marido estuviera penando, y bien se lo merecía, pues había causado grave daño al quedarse con ese edificio.

Mientras me platicaba cómo aquel hombre la humillaba y la rebajaba sexualmente, noté que sus ojos se humedecían. Me mostró luego gran cantidad de fotografías de las amantes desnudas y en posiciones eróticas, de las cuales Víctor había reunido una enorme colección. En ese momento la señora rompió a llorar y preferí retirarme.

Familiares y amigos coincidían. Expresaron todos la misma opinión: que la muerte de Víctor les había dado gran tranquilidad. Y si efectivamente se hallaba penando en el departamento, se lo merecía, ya que ni a su madre había respetado, pues en su lecho de muerte quiso obligarla a firmar un testamento redactado por él mismo, en el cual el único beneficiado sería él. Ella se había negado a aceptarlo.

De vuelta en el edificio le pregunté a Diana y a Laura si estaban dispuestas a realizar una sesión espiritista; no porque creyera que eso solucionaría el caso sino porque después de investigar todo lo lógico tenía que irme a lo ilógico y ver qué resultados obtenía de un evento paranormal. Les aclaré que si se negaban no habría resentimiento. Con cierto temor, pero dispuestas a resolver su problema y vivir tranquilas, accedieron. Por mi parte, no tenía seguridades de que resultara, pero sería cuestión de intentarlo y experimentar tomando las debidas precauciones.

Esa noche le pedí a Alberto que dirigiera la sesión espiritista y convocara al difunto Víctor Ávila. Durante varios minutos no pasó nada, pero conforme avanzaba la noche, y mientras continuaban los llamados, se escucharon unos pasos lentos y pesados que subían la escalera. Todos guardamos silencio y le sugerí a Alberto que dijera al convocado que entrara a esa sala que en vida había habitado. Lo sorprendente fue que la puerta se abrió lentamente sin intervención de ninguno de los presentes. Después se cerró con violencia. Los muchachos vieron luego cómo unos vasos que estaban en la mesa empezaban a moverse de extremo a extremo. Alberto exclamó que si era él, Víctor, ofreciera una señal más fuerte, y entonces uno de los vasos se elevó y se mantuvo en la nada frente a nuestros ojos, para acabar estrellándose contra la pared. Estábamos atónitos, no puedo negarlo, pero al recordar lo que me habían platicado los familiares, así como el contenido de la investigación que habíamos realizado, sentí una rabia grande y grité encolerizado: "¡Si eres el espíritu de Víctor Ávila, quiero escuchar música de piano!" Y en ese momento el piano empezó a escucharse. Salomón, de reciente ingreso al grupo de investigación, se alteró, prorrumpió en gritos desesperados y los demás tuvieron que contenerlo y sacarlo de la habitación. Diana y Laura estaban tan espantadas que enmudecieron. Le dije entonces al fantasma: "¡Si lo que quieres es ayuda para descansar en paz, deja de tocar el piano!" Y en el acto cesó la música. Una extraña furia se apoderó de mí, pues todo lo que había sido Víctor Ávila me irritaba, y le dije: "¡Si dios te castigó y tienes que penar es por todo el mal que realizaste en vida. Es a dios a quien le corresponde perdonarte!" En ese momento se escuchó en la habitación un sonido muy fuerte, como un disparo, y después retornó la calma.

Cada uno de los sonidos escuchados y los movimientos que presenciamos, quedó grabado. Al terminar la sesión los vecinos corrieron al departamento de Diana, ya que habían escuchado gritos y el estruendo. Era muy difícil —y mejor sería decir imposible— explicar lo que habíamos vivido. Diana y Laura aún no salían de su asombro y cuando intentamos hacerlas reaccionar se soltaron llorando.

Tal vez existe alguien más allá de los límites de la vida, capaz de castigar nuestros errores y obligarnos a penar por los siglos de los siglos. Esto da mucho que pensar y debe hacernos reaccionar ahora que aún hay tiempo. Porque el mal que uno siembra en vida, es cosechado en el reino de la muerte.

A pesar de los obstáculos, Diana y su hija eligieron cambiarse de casa. El departamento del alcohólico sigue desocupado, pero la leyenda del fantasma es bien conocida en la colonia Anáhuac. Y no falta algún familiar que diga: "Víctor Ávila, dios lo tenga en el infierno".

El café

En el mundo entero existen hoteles y restaurantes que se precian de tener fantasmas. ¿Alguna vez te has preguntado si el lugar que acostumbras visitar tiene alguno? En la ciudad de México hay un restaurante muy famoso y tradicional, que llamaremos el "café", con una historia fascinante.

En este comedor apacible y hermoso sirven una excelente comida, y a esto se suma la amabilidad del personal. La carta ofrece comida mexicana tradicional que puede satisfacer los paladares más exigentes y hay ocasiones en que a ciertos clientes se les invita a conocer el fantasma de la monja del café. Aquí es donde comienza esta historia.

Cierto día recibí una llamada del programa "Cada mañana" de Televisión azteca. Me invitaban a realizar una investigación en el café. Pregunté por qué deseaban tal investigación y respondieron que no había un motivo especial y sólo querían que, con el pretexto del fantasma que se decía vagaba en ese lugar, mostrara ante las cámaras el equipo que se utiliza en una investigación. Decidí acceder a la petición. La mañana siguiente me entrevisté con Gaby, la encargada del café, quien, a su vez, quería saber si de verdad un fantasma habitaba el lugar y por qué, pero me aclaró que no le interesaba que se erradicara el fenómeno, pues para nada los incomodaba.

Esa noche, tras la hora de cierre, entramos al negocio a investigar con todo nuestro equipo. Colocamos el circuito cerrado, el monitor vigía, los micrófonos de alta sensibilidad, las cámaras fotográficas, los aparatos de campo electromagnético y el resto de los instrumentos. A las tres de la mañana entré al sanitario a lavarme las manos y todo parecía normal. Cuando en un sitio ocurren fenómenos paranormales es muy común que tenga un presentimiento, y en este caso no sentía nada que me indicara la existencia de una entidad. En verdad me sentía muy tranquilo, pero después de que cerré las llaves del agua y encendí el aire para secarme las manos, inexplicablemente la llaves se abrieron delante de mí. De nuevo las cerré y volvieron a abrirse. No quise moverme del lugar y mediante los intercomunicadores pedí a los muchachos que me informaran si se había registrado variación en los aparatos y les dije que se acercaran con cautela a los sanitarios a fin de registrar cualquier cambio. José Luis me informó que había visto una sombra, con un aparente hábito de monja, saliendo del baño donde me encontraba.

Cuando los muchachos entraron al baño el ambiente era tranquilo. En los aparatos no se había registrado nada extraño, acaso una pequeña variación en el campo electromagnético. Esto representaba para mí el principio de una investigación iniciada con el pie derecho, sin aparatos y en condiciones normales.

Habíamos presenciando un fenómeno muy extraño. Percibimos la aparente sombra de una monja, cosa que, además de las apariciones mencionadas en la publicidad del lugar, cuadraba con los testimonios de los empleados y el dueño. Durante varias noches concentré la investigación en el baño. Nos manteníamos todo el tiempo despiertos, esperando que se repitiera el fenómeno o se lograra registrar alguna alteración en nuestros aparatos. Esto no ocurrió.

Es frecuente que en nuestras investigaciones el fenómeno se manifieste y después cese. Esto se debe a que, lejos de espantarnos y salir corriendo, nos quedamos a tratar de estudiarlos. Así que se requiere mucha paciencia y tiempo para llegar al centro del misterio.

El caso de la monja del café era muy raro, no únicamente por el fantasma sino porque en esta ocasión el marco cambiaba. Los dueños del lugar no querían erradicar el fenómeno; además, no sentían ningún temor. Una de las cosas que observé en ellos fue que, cuando me platicaban los sucesos, se veían muy tranquilos, orgullosos de que el fantasma de la monja rondara por el local. Los propietarios y la encargada amablemente nos habían permitido la entrada y otorgado carta blanca, de modo que la investigación continuó las noches siguientes, pero sin alterar el funcionamiento del negocio.

De gran importancia fue el testimonio de Panchito, un señor con más de 60 años trabajando en el lugar. Me dijo que en sus tiempos de juventud le había tocado ver el fantasma perfectamente, y juró que vestía un hábito de monja. Para mí, esto garantizaba la investigación, y después de ver las llaves del agua abrirse y cerrarse solas, sabía el tipo de fantasma que buscaba.

Para realizar una buena investigación monté gran cantidad de equipo técnico: grabadoras, cámaras, sensores entre otros. El café se hallaba perfectamente cubierto y cualquier cosa que ocurriera, aunque no la viéramos directamente, sin duda quedaría registrada. Una noche, a eso de las tres, un fuerte alarido resonó en el lugar. Nos dirigimos al baño en donde las llaves se habían abierto solas y al entrar captamos el final del aullido perdiéndose entre las paredes. Esto me provocó cierta frustración, pues el muro me impedía seguir la trayectoria del lamento. Averigüé entonces que del otro lado del muro había sólo oficinas del gobierno.

Esperé que amaneciera y en horas hábiles entré a las oficinas para ubicar el lugar exacto en que se desvaneció el alarido, es decir, en el lado opuesto de la pared del baño del café. Pertenecía al archivo de la oficina gubernamental. Allí todo parecía normal y nadie sabía informar de cosas extrañas que pudieran estar ocurriendo en ese lugar. Algunos empleados me miraron con curiosidad y no faltó el que se burlaba, pero estoy acostumbrado y sé cómo tratar a esa clase de gente. Antes de retirarme, el vigilante me reconoció y se acercó a comentarme que, unos meses atrás, un hombre de unos 30 años que había ido a arreglar algunos papeles entró al sanitario más o menos a las tres de la tarde. De repente se escuchó allí un ruido muy fuerte y la policía que cuida las instalaciones entró en seguida a ver que ocurría. El sujeto se azotaba contra el suelo como si tuviera convulsiones. Todos trataron de contenerlo y, sobre todo, de tranquilizarlo. Sin embargo les costó mucho trabajo, y lo peor era que no llegaba el médico que habían llamado. Era espantoso ver cómo se azotaba contra las paredes y el piso, y en aquel momento todos pensaron que sufría un ataque epiléptico. Pero no, el hombre parecía aterrado, como si viera algo que los demás no podían ver, como si estuviera poseído. De pronto volvió a la normalidad y se retiró.

Pregunté al vigilante por qué creía que se trataba de un poseído y no de un hombre que sufre un ataque, a lo que respondió que un simple ataque era muy diferente, pues el hombre hablaba en diversos idiomas y disponía de una gran fuerza que le permitió derribar a más de tres guardias con un solo impulso.

El asunto me pareció increíble. Es cierto que cualquier persona está expuesta a padecer problemas de salud, pero no a ser poseída, y menos en pleno día en una oficina de gobierno. Me propuse investigar más a fondo y comencé por interrogar a las personas que presenciaron los hechos, para ver si había similitudes en sus testimonios. Todos coincidieron, pero uno de los que habían atendido al hombre, se dio cuenta además de que hablaba con una voz muy extraña, y en aquel momento hacía mucho frío en el sanitario y había en el aire un olor fétido.

Mi curiosidad aumentó y en seguida me puse a localizar al hombre poseído. No fue difícil, porque en la misma oficina me proporcionaron su dirección. Héctor González vivía en Polanco, en la calle Homero.

Tres días demoré en localizarlo, pero al fin pude hablar con él. Contó que había acudido a la oficina a realizar trámites personales. Entró al tocador y, cuando se lavaba las manos, vio una sombra reflejada en el espejo. El hecho le provocó sorpresa, pero lo tomó con escepticismo y continuó lavándose las manos. Sin embargo, sentía que alguien se hallaba detrás de él. Se dio vuelta y no vio a nadie, pero claramente siguió percibiendo que alguien lo observaba. En algún momento alzó la mirada y vio a un hombre corpulento, no una presencia física sino una sombra de un gris lechoso que se le acercó. Y no supo más hasta que recuperó la conciencia, y era tanto su miedo que salió corriendo.

Después aclaró que desde niño era médium, don que en la familia se transmitía por herencia genética. Era algo que no podía controlar del todo y le daba mucho miedo. Le pregunté si no le importaba que le hiciera algunas consultas espiritistas sobre mí y contestó que no, sería muy fácil responderlas, pues tenía muy desarrollada su habilidad. Le pregunté cómo se llamaba mi madre y sin titubeos me dijo que Alicia, fallecida muchos años atrás, y agregó que mi abuela había muerto en la misma fecha, con diferencia de seis años exactos. Esto me sorprendió, pues nadie más conocía esto. Le pregunte cómo pudo saberlo y dijo que las dos mujeres se encontraban junto a mí, con una mujer muy joven de nombre Sofía.

Y declaró: "Esta persona es la que más lo cuida como investigador de fenómenos paranormales".

Después lo invité a acompañarme al café para obtener mayor información sobre la monja. Héctor González me dijo que sería un placer compartir conmigo la aventura. Me despedí y quedamos en vernos al anochecer. De vuelta en el café le comuniqué a los muchachos que había encontrado una persona con el don de ver a los muertos y hablar con ellos. Todos mostraron deseos de conocer a Héctor González para comprobar por sí mismos el dicho. Les referí entonces mi reciente experiencia con ese hombre, algo que parecía increíble, pero era cierto.

En la noche pasé por Héctor. Se veía nervioso, tanto como yo, pues el antecedente de la posesión me había dejado una sensación muy extraña. Investigar a un poseso, codearse con él, no es cosa agradable, pero la investigación tenía que continuar.

Cerca de las tres de la mañana los sensores de movimiento comenzaron a sonar en el baño. Héctor, antes de que llegáramos a formularle alguna pregunta, dijo que sentía algo extraño, tenía el presentimiento de que algo iba a suceder en cualquier momento. En efecto, el ambiente era pesado, opresivo. De improviso Héctor dijo que sentía una presencia extraña, distinta de aquella con la que había tenido contacto en las oficinas de gobierno. Esta presencia era muy delicada, como si se tratara de una mujer, continuó Héctor, y finalizó diciendo que se trataba de una monja. Es importante señalar que Héctor no tenía la menor idea de que el fantasma de una mujer merodeara por allí, sólo le habíamos comentado que en el lugar había un fantasma, sin especificar características.

Entramos al baño y le pedí a Héctor que llamara al fantasma para saber con quién teníamos contacto. Con voz temblorosa, Héctor preguntó: "¿Quién eres?" Y la respuesta llegó a su mente: "Soy una clarisa". Preguntó Héctor: "¿Qué haces aquí?", y obtuvo idéntica respuesta. Con intención de saber si realmente teníamos contacto con un fantasma, le pedí a Héctor que solicitara alguna señal clara. Lo hizo y nada extraño ocurrió. Sin embargo, al salir del baño vi que José Luis contemplaba el techo del comedor, donde había una neblina blancuzca con cierta luz extraña. Nos reunimos todos a observarla y el médium aseguró que se trataba de un fantasma que decía que era una monja clarisa y pedía ayuda. Luego, aquella neblina se desvaneció.

Al amanecer mandé a todos a descansar. Ya en casa, no podía dejar de pensar en la presencia que habíamos observado. Como no lograba conciliar el sueño, me levanté a revisar el video. Corrí la cinta más de treinta veces y no supe en qué momento quedé profundamente dormido. Soñé con un convento muy antiguo y sombrío, con gran número de monjas atendiendo enfermos mentales. Llamó mi atención una de las monjas de gran belleza física y ojos muy dulces que atendía con amabilidad a los enfermos. Después de dar a cada uno sus medicamentos, se retiró a descansar.

Salió de esa sala que parecía alojar casos graves y la seguí. Por más que la llamaba no me hacía caso y, cosa rara, yo estaba muy conciente y sabía perfectamente que se trataba de un sueño, pero un sueño muy real. Continué siguiéndola. La monja cruzó un portón enorme para ir a su celda y tras entrar a ella se dispuso a descansar. Sus ojos reflejaban infinita tristeza, y estaba a punto de despojarse de las ropas cuando de pronto se detuvo y echó una mirada a su alrededor, como tratando de ubicar a un observador. Sin duda había percibido que alguien la miraba, así que nuevamente intenté llamar su atención, sin resultados, y al tratar de tocar su hombro mi mano la atravesó. En ese momento entró una monja y le dijo: "Sor María, su padre la espera". La convocada dejó la celda y desde luego fui tras ella.

En una celda mayor aguardaba un hombre muy elegante, a quien la monja besó la mano. Dijo el hombre:

—Hija mía, ¿cómo estás?

—Padre, no quiero estar aquí. Mis deseos son otros, sácame de aquí —dijo muy irritada sor María.

—No es posible —respondió su padre—. Tú deber es permanecer con dios.

El hombre abandonó el lugar y la muchacha se sentó a llorar. Me acerqué a consolarla y entonces ella alzó el rostro muy pálido y se fue a toda prisa. En el trayecto se topó con otra monja, la cual le preguntó qué le pasaba. Sor María respondió que había visto un fantasma.

Hubiera jurado que sor María me había visto cuando traté de tocarla. Luego entraron muchas monjas a la celda donde sor María me había visto y quedaron pasmadas mirando justamente hacia el punto donde se supone que yo me encontraba. Me rociaron con agua bendita y en ese momento desperté.

Mi televisor se encontraba sin señal. El sueño había sido tan real y espeluznante que decidí comprobar si contenía elementos de verdad. Así, la mañana siguiente acudí a los archivos de la nación para buscar todo lo relativo al predio en que se encuentra el café.

Tres días tardé en reunir la información. No puedo precisar la cantidad de documentos que tuve que revisar, pero al fin encontré escritos reveladores. En el antiguo predio efectivamente había existido un convento de hermanas clarisas, que se encontraba precisamente a espaldas de un asilo de enfermos mentales que las monjas atendían. Muchos pacientes, me enteré, murieron debido a la falta de tratamiento médico adecuado y otros fueron asesinados o se suicidaron. Por cierto, hallé también una referencia al político veracruzano Manlio Fabio

Altamirano, gobernador electo de su estado natal, asesinado en 1936 en una de las mesas del café.

Según el testimonio de Héctor, era evidente que no sólo tratábamos con un fantasma de mujer, sino que había también un hombre, el agresor de Héctor en el baño de la dependencia pública. Decidí, en consecuencia, investigar tanto sobre la orden de las monjas clarisas como sobre los enfermos mentales fallecidos en el nosocomio. Dediqué varios días a la búsqueda de información, pero no hallaba motivos para que una monja protagonizara las apariciones del café.

Dirigí mi atención, entonces, al sueño que tuve y que me mantenía muy confundido, y esa noche retornamos a la investigación en el café. Cerca de las cinco de la mañana pensé que no sucedería nada, y cuando estábamos a punto de recoger el equipo pedí a Luis y a Rodrigo que tomaran fotografías de todo el lugar. Pero al entrar al salón principal, donde se encuentran las escaleras que llevan a la oficina, vi que los dos se detenían perplejos. Me dirigí hacia allá y de pronto me encontré frente a la monja.

El fantasma parecía desconcertado y destilaba una gran tristeza. Su vestuario era inmaterial, pero perfectamente visible. Nos resultaba inconcebible tener al espectro frente a nuestros ojos y durante largos segundos nos mantuvimos inmóviles, pasmados, incapaces de reaccionar. Lo único que se me ocurrió fue decir a los muchachos que no la perdieran de vista. Entonces, la incorpórea monja subió flotando y se dirigió a la oficina. Subimos velozmente tras ella, pero inesperadamente la monja retornó por la misma escalera y pasó junto a nosotros acompañada de un viento gélido.

Todo ocurrió en instantes, pero pude apreciar perfectamente su rostro. Era la misma persona con la que había soñado.

Más tarde pregunté a mis ayudantes qué había ocurrido y dijeron que la monja había desaparecido atravesando una de las paredes.

Centré la investigación en los archivos y, cuando pensaba que mis recursos se habían agotado, encontré un valioso documento. Relataba que, al mediar el siglo XVIII, don Ignacio Negrete había donado el predio del actual café para que se edificara allí el convento de las monjas clarisas. A espaldas del convento, y anexo a éste, se hallaba el hospital del Divino Salvador, dedicado al cuidado de los dementes. Don Ignacio había tenido dos hijas. Una se rebeló contra la voluntad de su padre y se negó a ser monja; la otra, ingresó al convento contra su voluntad y fue asesinada por uno de los enfermos mentales.

Todo cuadraba a la perfección e incluso tenía el nombre de la monja asesinada. Con este dato, preparé todo para esa noche. En horas de la madrugada hice apagar las luces y encendí una pequeña vela que apenas me iluminaba el rostro. Con voz muy clara dije:

—Sor María Blasa del Sacramento, entiendo que eres hija de don Ignacio Negrete y fuiste asesinada en este predio. Te pido que me des una señal para saber si esto es correcto.

Las lámparas del lugar comenzaron a temblar y un frío helado me recorrió todo el cuerpo. Dando por recibida la señal, agregué:

—Ahora sé que eres tú y te pido que reposes en paz, pues ya no es tu tiempo. No sé si esto pueda dar descanso eterno a tu alma, pero quiero que sepas que no tienes por qué penar. Mi trabajo termina aquí y me da tristeza no poder ayudarte, pero eres tú, sor María, la que tiene que ayudarse a descansar en paz. Dios te bendiga.

Repentinamente una música muy suave invadió aquel espacio. Nadie tocaba instrumento alguno. No había ningún radio encendido, ni estéreo o antena que recibiera tales notas. Nadie había manipulado nuestros aparatos. Y en forma tan inesperada como había llegado, la música se esfumó y una dulce sensación de paz se apoderó del lugar.

Seguimos investigando durante varias semanas, pero nada más ocurrió. Tiempo después visité el café y me enteré de que los fenómenos no se habían repetido y hasta la fecha no se han vuelto a presentar. No sé si pude ayudar a la infortunada mujer, pero intentarlo me dejó una gran satisfacción y nunca más he vuelto a soñar con ella. Confieso que me hubiera gustado conocerla en vida, pero nuestros tiempos fueron diferentes.

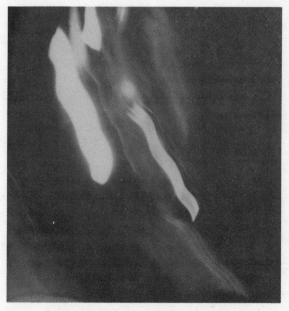

Luz captada durante la investigación.

Monja clarisa.

Índice